Albie Bright – Ein Universum ist nicht genug

Christopher Edge wuchs in Manchester auf. Bevor er sich ganz dem Schreiben von Büchern widmete, arbeitete er als Lehrer, Lektor und Verleger. Wenn er gerade nicht schreibt, engagiert er sich dafür, Kinder zum Lesen zu animieren. »Albie Bright – Ein Universum ist nicht genug« ist sein erstes Buch bei Thienemann.

Mehr über unsere Bücher, Autoren und Illustratoren auf:
www.thienemann-esslinger.de

Christopher Edge

Albie Bright
Ein Universum ist nicht genug

Aus dem Englischen von
Wieland Freund und Andrea Wandel

Mit Illustrationen von Nina Dulleck

Thienemann

Für Chrissie, Alex und Josie
in jedem Universum

»Ja, aber glauben Sie denn wirklich, Herr Professor«, fragte Peter, »andere Welten sind überall zu finden, und einfach nur so um die Ecke herum?«

»Nichts ist wahrscheinlicher«, antwortete der Professor. Er nahm seine Brille von der Nase und putzte sie sorgfältig. Dabei murmelte er: »Ich frage mich wirklich, was sie ihnen eigentlich auf den Schulen beibringen.«

C.S. Lewis, Der König von Narnia

1.

Es war Dad, der mich auf die Idee brachte, meine Mum mithilfe von Quantenphysik zu suchen.

Sie ist vor zwei Wochen gestorben. Am Dienstag war ihre Beerdigung. Stattgefunden hat sie in der Kirche des Heiligen Thomas im Dorf. Erst hatte Dad etwas namens »humanistische Trauerfeier« gewollt, ohne irgendwelchen »religiösen Hokuspokus«, aber das wollte Grandad Joe nicht zulassen. »Sie ist keine Humanistin«, sagte er und hätte beinahe seinen Tee ausgespuckt, als Dad zu einer Erklärung ansetzte. »Sie ist meine Tochter.« Mum, sagte er, sei als Baby in der Kirche des Heiligen Thomas getauft worden, und er wolle, dass auch ihre Asche dort beigesetzt werde, gleich neben Grandma Joyce, mit Blick auf die Windräder und die Mine am Rand des Moors.

Da hat Mum gearbeitet – unten in der Grube. Sie war keine Bergarbeiterin, sie war *Wissenschaftlerin*. Clackthorpe Pit, müsst ihr wissen, ist eine der tiefsten Gruben in Großbritannien, und als die Kohle alle war, sind Wissenschaftler da unten eingezogen, auf der Suche nach den Geheimnissen des Universums.

Tief am Grund der Mine konnten sie ihren ganzen Hightech-Kram anwenden, ohne dass kosmische Strahlungen ihre Experimente störten.

Kosmische Strahlen sind Strahlungen aus dem Weltraum. Jede Sekunde des Tages schwirren Dutzende von diesen kosmischen Strahlen durch deinen Körper und du kriegst es nicht mal mit. Keine Angst, sie verwandeln dich nicht in einen glupschäugigen Mutanten, aber sie können die Art von Experiment, die Mum und Dad machen, ordentlich durcheinanderbringen. Deshalb müssen Wissenschaftler wie sie sich unter die Erde verkriechen.

Mum und Dad haben immer gewitzelt, ihr erstes Date habe tausend Meter unter dem Moor stattgefunden. Sie sind runter in den Schacht gefahren, um nach dunkler Materie zu suchen – den unsichtbaren Klebstoff, der das Universum zusammenhält. Gefunden haben sie stattdessen einander. Sie haben geheiratet und, lassen wir den peinlichen biologischen Teil aus, acht Monate später bin ich aufgetaucht. Albert Stephen Bright. Ich wurde nach Mums und Dads Lieblingswissenschaftlern benannt: Albert Einstein und Stephen Hawking, aber alle nennen mich einfach bloß Albie.

Meiner Mum zufolge war meine Ankunft ein bisschen wie der Urknall – eine totale Überraschung und auch ziemlich beängstigend. Am Ende musste ich im Krankenhaus bleiben, bis ich schon fast vier Monate alt war. Dann, als es mir endlich besser ging, haben Mum und Dad mich mit in die Schweiz genommen, wo sie am CERN gearbeitet haben.

Das CERN ist eine Art Disneyland für Wissenschaftler.

Dort haben sie das World Wide Web erfunden, und jetzt ist es das Zuhause des Großen Hadronen-Speicherrings. Falls ihr es nicht im Fernsehen gesehen habt: Der Große Hadronen-Speicherring ist die größte Maschine der Welt. Er ist fast siebenundzwanzig Kilometer lang und wiegt satte 38.000 Tonnen. Deshalb nennt man ihn den GROSSEN Hadronen-Speicherring. Wissenschaftler haben ihn gebaut, um in die kleinsten Dinge des Universums zu schauen. Atome.

Alles im Universum besteht aus Atomen – ihr, ich, dieses Blatt Papier, sogar die Sonne. Nur sind Atome eben klein – sehr klein. Um eine Vorstellung davon zu kriegen, wie unglaublich winzig sie sind, werft einen Blick auf den Punkt am Ende dieses Satzes. Genau hingeschaut? Okay, in diesem Punkt befinden sich acht Billionen Atome. Das sind 8.000.000.000.000 Atome. Zählt die Nullen. In diesem Punkt stecken mehr Atome, als es gerade Menschen auf der Welt gibt. Das ist ganz schön erstaunlich, findet ihr nicht auch? Und jedes Atom besteht aus sogar noch kleineren Teilchen, die man Protonen, Neutronen und Elektronen nennt.

Als ich Mum gefragt habe, warum man eine so große Maschine braucht, um in etwas so Kleines zu sehen, hat sie gesagt, der Große Hadronen-Speicherring sei wie eine Untergrund-Rennbahn für Atome, nur dass der, der den schwersten Unfall baut, gewinnt. In dem Teilchenbeschleuniger rasen winzige Teilchen im Kreis herum, sie werden schneller und schneller, bis sie beinahe mit Lichtgeschwindigkeit zusammenprallen. Das, hat Mum gesagt, würde zu einem Mini-Urknall führen – ein bisschen wie der, aus dem das Universum entstanden ist –

und indem sie das untersuchten, haben Mum und Dad gehofft, genau herauszufinden, wie alles angefangen hat.

Es gab da nur ein Problem. Wie sich nämlich herausstellte, konnten, wenn Atome fast in Lichtgeschwindigkeit aufeinanderprallten, genauso gut auch Schwarze Löcher entstehen. Ein Schwarzes Loch ist wie ein unsichtbarer Staubsauger im All, der alles aufsaugt, was ihm zu nahe kommt. In diesem Buch, das mein Dad geschrieben hat, steht, dass die Anziehungskraft in einem Schwarzen Loch so stark ist, dass nicht einmal das Licht entkommen kann. Wenn man versuchen würde, mit einem Raumschiff an einem Schwarzen Loch vorbeizufliegen, um einen Blick darauf zu werfen, würde man reingesogen werden und zu Spaghetti gemacht.

Die Aussicht, dass der Große Hadronen-Speicherring hier auf der Erde ein Schwarzes Loch schaffen würde, war natürlich nicht so willkommen. Ehe man sich's versah, tauchten Fernsehteams aus aller Welt am CERN auf und warfen Mum, Dad und den übrigen Wissenschaftler vor, sie wollten DIE WELT ZERSTÖREN! Am Ende war es mein Dad, den sie vor die Kameras schoben, damit er erklärte, wie lächerlich das war und dass jedes Schwarze Loch, das im Teilchenbeschleuniger entstünde, sich auf der Stelle verflüchtigen würde, ohne die Erde aufzusaugen.

In diesem Moment wurde mein Dad entdeckt. Ein Sender bot ihm eine eigene Sendung an: *Ben Brights Führer durch die Galaxis: Alles, was Sie schon immer über das Weltall wissen wollten, für Leute, die Physik in der Schule gehasst haben.* Es stellte sich heraus, dass ziemlich viele Leute Physik in der Schule gehasst hatten, und am Ende sahen acht Millionen Menschen zu. Ein Fernsehkritiker verpasste meinem Dad sogar den Spitznamen »Der Mann, der alles erklären kann«, aber, um ehrlich zu sein, eine große Hilfe bei meinen Hausaufgaben war er nie. Die meiste Zeit war er noch nicht mal zu Hause, weil er um die Welt flog, um coole Sachen für seine nächsten Sendungen zu filmen.

Wenn Dad mich mal von der Schule abholte, musste ich gewöhnlich warten, bis meine Lehrer ihr Selfie mit ihm hatten. Das war mega peinlich, aber meiner Mum machte es offenbar nichts aus. Sie witzelte immer, dass sie die Zeit, die Dad darauf verwendete, ein Fernsehstar zu sein, nutzen würde, um mit der echten Wissenschaft weiterzumachen und den Nobelpreis vor ihm zu bekommen.

Das war, bevor Mum die Nachricht erhielt, die alles veränderte.

Sie war zu einer der Vorsorgeuntersuchungen am CERN gegangen, und auf einem der Scans war ein Schatten zu sehen. Krebs. Und bei diesem einen Wort packten Mum und Dad alles zusammen, und wir kehrten nach Großbritannien und ins staatliche Gesundheitssystem zurück.

Nachdem wir unser altes Haus in Clackthorpe wieder bezogen hatten, sah ich zu, wie Dad Mum ins Krankenhaus und zurück schaffte und wie jede Behandlungsmethode ausprobiert wurde, bis die Ärzte sagten, dass es keinen Sinn mehr machte, noch etwas anderes zu versuchen. Ich sah zu, wie Mum ihr Haar verlor, ihr Lächeln und schließlich all ihre Hoffnung. Ich hatte gerade genug Zeit, wütend zu werden, und dann war sie auch schon weg und hinterließ ein supermassereiches Schwarzes Loch.

So landete ich in der Kirche des Heiligen Thomas und starrte auf ihren Sarg. In der Kirche drängten sich Mums und Dads Familie und Freunde: Grandad Joe, Tante Sophie und die Zwillinge, Wissenschaftler vom CERN und aus der Mine am Rand des Dorfes. Da waren Leute vom Fernsehen und Mums alte Schulfreundinnen. Alle waren gekommen, um sich zu verabschieden. Als der Pfarrer zu reden anfing, griff Dad meine Hand und hielt sich daran fest. Es war fast so, als wollte er sichergehen, dass ich ihm nicht auch noch verloren ging, aber das Ergebnis war bloß, dass ich mir vorkam wie ein kleines Kind. Grandad Joe hielt meine andere Hand, und so musste ich da zwischen ihnen sitzen, dabei wollte ich mir nur die Finger in die Ohren stecken. Ich wollte nichts von all dem hören, stattdessen weiß ich noch jedes Wort.

»Wir sind heute hier zusammengekommen, um Charlotte Elizabeth Bright zu gedenken, die im Alter von 39 Jahren von uns genommen wurde und ihren Mann Ben und ihren Sohn Albie zurücklässt. Charlotte war nicht nur eine treu ergebene Ehefrau, eine liebende Mutter und geliebte Tochter, sondern auch eine weltweit geschätzte Wissenschaftlerin. Mit ihrer Arbeit am Großen Hadronen-Speicherring leuchtete sie in die unerforschten Winkel des Kosmos und half uns allen, das Wunder der Schöpfung ein wenig besser zu verstehen. Atome und Sterne, die Geschwindigkeit des Lichts und das Schlagen des menschlichen Herzens – all das kommt von einer Macht, die weit größer ist als jede Maschine von Menschenhand.

Und nun ist Charlotte an einem Ort, an dem solche Wunder die Regel sind. Ein Ort von unendlicher Schönheit und Pracht, wo es weder Krankheit gibt noch Schmerz, weder Leid noch Verzweiflung, sondern allein immerwährende Freude. Ich spreche natürlich vom Himmel, wo Charlotte Antwort auf jede Frage finden wird, die sie je an Gottes Schöpfung gerichtet hat.«

Ich wollte die Hand heben, um dem Pfarrer meine eigene Frage zu stellen, aber Dad und Grandad Joe ließen meine Hände nicht los, also musste ich da sitzen und mir weiter dieses Geschwafel anhören. Erst nach der Beerdigung, als alle nach Hause gegangen waren und Grandad in seinem Sessel schnarchte, konnte ich Dad endlich die Frage stellen, die mir schon in der Kirche auf der Zunge brannte.

»Woher weiß der Pfarrer, dass Mum im Himmel ist?«

Dad saß auf dem Sofa und blinzelte überrascht. Während ich auf eine Antwort wartete, klappte er ein paarmal den Mund auf und zu, brachte aber kein Wort über die Lippen.

»Glaubst du etwa an den Himmel?«, fragte ich ihn.

Und da fing Dad an, mir von der Quantenphysik zu erzählen.

»Atome und Teilchen können sich ziemlich merkwürdig verhalten«, legte er los. »Es gibt ein berühmtes Experiment, Doppelspalt-Experiment genannt, bei dem Wissenschaftler ein einzelnes Atom auf zwei winzige Löcher in der Wand schießen.« Dad schnappte sich ein Blatt Papier und einen Stift und zeichnete ein Diagramm, um es zu erklären.

»Also, bei diesem Experiment geht das Atom manchmal durch das linke Loch, manchmal geht es durch das rechte

Loch, aber wenn keiner hinsieht, scheint das Atom durch beide Löcher gleichzeitig zu gehen.«

Typisch. Ich stelle Dad eine einfache Frage und er versucht, eine Fernsehsendung draus zu machen.

»Verschiedene Wissenschaftler haben verschiedene Erklärungen dafür gefunden, warum dasselbe Atom gleichzeitig an zwei Orten sein kann«, fuhr Dad fort. »Aber ein paar Quantenphysiker glauben, dass dies der Beweis für ein Paralleluniversum ist. Sie sagen, dass dieses Universum – die Welt, in der wir leben – nur eines von unzählig vielen Universen ist. Jedes Mal wenn unsere Welt vor einer Entscheidung steht – zum Beispiel, ob das Atom durch das linke Loch oder das rechte Loch geht – teilt sie sich in neue Parallelwelten auf, in denen alles, was möglich ist, tatsächlich geschieht.«

»Was meinst du mit ›neuen Parallelwelten‹?«, fragte ich. Ich versuchte immer noch zu verstehen, wieso Dad mir das eigentlich erzählte.

»Stell dir eine Linie mit lauter Erden vor, die sich in den Weltraum erstreckt«, sagte er, »eine nach der anderen, wie in der Warteschlange vor dem Schulbus. Jede dieser Parallelwelten ist genauso wie unser Planet, aber mit einem winzigen Unterschied. In einer dieser Parallelwelten hast du gerade im Lotto gewonnen, in einer anderen hat dich stattdessen ein Hai gefressen. Alles, was passieren kann, passiert irgendwo.«

Dad machte dieses ernste Gesicht, das er immer hatte, wenn er im Fernsehen etwas besonders Schwieriges erklärte.

»Denk nur, Albie. Falls das für ein einzelnes Atom gilt,

das durch beide Löcher in der Wand geht, dann gilt es auch für dich und mich. Wir alle sind aus Atomen gemacht. Der Krebs deiner Mutter wurde durch eine einzelne Zelle in ihrem Körper verursacht, die bösartig wurde, aber gemäß der Quantenphysik gibt es ein Paralleluniversum, in dem das nie passiert ist, in dem deine Mum nie an Krebs erkrankt ist und immer noch lebt und heute bei uns ist.« Er versuchte, sich ein Lächeln abzuringen. »Das ist ein schöner Gedanke, nicht wahr?«

Als die volle Bedeutung dessen, was Dad mir da erzählte, sich langsam setzte, wurde mir schwindelig.

Einmal hatte ich Mum gefragt, warum sie Wissenschaftlerin hatte werden wollen. Und sie hatte geantwortet, am besten habe ihr gefallen, dass Wissenschaft Dinge nicht einfach hinnahm. Wissenschaftler stellten Fragen, machten Entdeckungen und manchmal veränderten sie die Welt. Was möglich sei, sagte sie, könne man nur herausfinden, wenn man das Unmögliche wagte.

Wenn die Quantenphysik meinte, dass meine Mum in irgendeinem Paralleluniversum noch am Leben war, dann konnte mir die Quantenphysik vielleicht auch helfen, sie zu finden.

2.

Bevor ich mehr über Quantenphysik herausfinden konnte, musste ich wieder zur Schule gehen.

Wenn jemandes Mutter am Donnerstag beerdigt wird, könnte man annehmen, dass er den Rest der Woche freihat, aber nicht bei meinem Dad.

»Wir müssen zur Normalität zurückkehren«, sagte er, als ich protestieren wollte. »Deine Mum hat es so gewollt und ich werde dafür sorgen, dass es auch passiert. Also gehe ich zurück ins Labor, um mich um meine Experimente zu kümmern, und du holst den Stoff auf, den du verpasst hast.«

»Aber ich wollte dich etwas über Quanten-«

»Wir können heute Abend reden«, sagte er bestimmt. »Ich muss jetzt los, Albie. Sei nett zu Grandad und komm nicht zu spät zur Schule.«

Dieselben alten Ausflüchte. Derselbe alte Dad. Immer mehr an seiner Arbeit interessiert als an mir. Wäre Mum da gewesen, hätte sie mir mit der Quantenphysik geholfen. Was ziemlich paradox ist, wenn man es bedenkt.

Ich konnte meine Mum alles fragen. Warum wird der Käse auf dem Toast immer so klebrig? Wie kommt es, dass Menschen zwei Nasenlöcher, aber nur einen Mund haben? Egal, welche Frage ich ihr stellte, sie hat mir nie einfach bloß die Lösung verraten. Stattdessen haben wir zusammen überlegt. Wir haben Käsesandwiches getoastet oder Fossilien gesucht und Rotzraketen abgeschossen, bis wir die Antwort gefunden hatten. Jetzt war ich mit dem »Mann, der alles erklären kann«, allein, aber der hatte keine Zeit, mir irgendwas zu erklären.

Während Dad also in die Mine einfährt, komme ich zu spät zur Schule, wo sich mein Klassenraum in das Labor eines verrückten Professors verwandelt hat. Jeder Tisch scheint mit Pappröhren, Heliumballons und Plastikflaschen voller Pampe bedeckt. Auf dem Tisch nebenan schüttet Victoria Barnes einen Berg aus gestampften Kartoffeln auf, hinter ihr klemmt Kiran Ahmed einen Fallschirm an eine Captain-Buzz-Lightyear-Action-Puppe. Alle reden durcheinander, der Lärm nähert sich rasant dem kritischen Level, der bei Miss Benjamin zur Kernschmelze führt.

Miss Benjamin ist eine EKL. Das heißt, sie ist Eigentlich Keine Lehrerin. Der Vorteil ist, dass wir lustige Dinge bei ihr machen, zum Beispiel diese Wissenschaftsmesse, bei der sich jeder sein eigenes verrücktes Experiment ausdenken muss. Miss Benjamin hat sogar meinen Dad eingeladen, nächste Woche vorbeizukommen, um die Experimente zu bewerten, aber er hat schon gesagt, dass er wahrscheinlich zu viel im Labor zu tun hat.

Anders als eine richtige Lehrerin ist Miss Benjamin leider eine Niete darin, uns zu bändigen. Der Siedepunkt von Wasser liegt bei 100° Celsius. Der Siedepunkt von Miss Benjamin liegt bei 100 Dezibel. Das ist so laut wie der aufheulende Motor einer Harley Davidson, wie ein startender Jumbojet oder, jedenfalls, wenn man Miss Benjamin glaubt, wie eine sechste Klasse, die »ein bisschen aufgedreht« ist. Wesley MacNamara sagt, Miss Benjamin sei wie ein Vulkan. Wenn ihr linkes Auge zu zucken anfängt, steht der Ausbruch unmittelbar bevor.

Als sie mich neben ihren Tisch setzt, hat Miss Benjamin ihr linkes Auge noch im Griff.

»Wie schön, dass du wieder da bist, Albie«, sagt sie. »Wir alle haben dich vermisst, und ich finde es sehr tapfer von dir, dass du so schnell wieder zur Schule kommst.«

Ich verrate ihr nicht, dass mein Dad mich praktisch gezwungen hat. Stattdessen starre ich auf meine Schuhe. Dad hat sie für die Beerdigung geputzt, aber eigentlich sehen sie eher aus, als hätte er sie mit dunkler Materie angestrichen. Ich habe sie noch nie so schwarz und glänzend gesehen. Wenn ich lange genug hinstarre, saugt mich ja vielleicht ein Schwarzes Loch auf und holt mich hier raus.

»Bestimmt wirst du dich wohlfühlen«, bohrt Miss Benjamin weiter, »aber falls du doch mal eine Auszeit brauchst und dich zurückziehen möchtest, habe ich Mrs Forest gebeten, dir eine ruhige Ecke in der Schulbibliothek frei zu halten. Wenn es dir also zu viel wird oder du einfach mal mit deinen Gedanken allein sein möchtest, musst du es mir nur sagen und dann kannst du gleich hingehen. Ich stelle keine Fragen.«

Mit einem lauten Knall platzt hinten in der Klasse ein Heliumballon. Ich hebe den Kopf, um zu sehen, ob Miss Benjamins linkes Auge zuckt.

»Ich möchte einfach nur weitermachen, Miss.«

»Natürlich«, antwortet sie mit einem schwachen Zucken ihres Augenlids. »Nun ja, wie du hörst, arbeiten alle fleißig an ihren Experimenten für die Wissenschaftsmesse nächste Woche. Aber du hast noch reichlich Zeit, dir ein eigenes Projekt auszudenken, Albie. Warum schaust du dir nicht an, was Victoria und die anderen gemacht haben? Vielleicht bringt es dich auf eine Idee für dein eigenes Experiment.«

Während ich also losziehe, um herauszufinden, warum Victoria Barnes einen Berg aus gestampften Kartoffeln aufschüttet, eilt Miss Benjamin nach hinten, um Wesley MacNamara davon abzuhalten, unter Zuhilfenahme seines Zirkels den Urknall nachzustellen.

Victoria Barnes ist das beliebteste Mädchen der Schule. Ich weiß das, weil sie es mir erzählt hat, als ich vor sechs Monaten auf die Grundschule in Clackthorpe gekommen bin. »Ich bin das beliebteste Mädchen der Schule. Dein Dad ist im Fernsehen. Wir sollten Freunde sein.« Unsere »Freundschaft« hielt bis zur ersten Pause, als Victoria feststellte, dass Dad keinerlei berühmte Freunde in seinem Handy eingespeichert hat und ich ihr erklärte, die einzige Möglichkeit, in seine Sendung zu kommen, sei, sich beim Sturz in eine Supernova filmen zu lassen.

Eine Supernova entsteht, wenn ein supergroßer Stern im Weltall explodiert. Stellt euch das größte Feuerwerk vor, das ihr je gesehen habt, und multipliziert das mit einer Billion. So sieht eine Supernova aus. Ich wollte Victoria damit nicht verärgern. Ich war nur ein bisschen verwirrt, weil sie gesagt hatte, sie wolle ein großer Fernsehstar werden.

Ich sehe zu, wie Victoria die nächste Schicht an die Hänge ihres Berges kleistert. Ihr blondes Haar hat sie zu einem Pferdeschwanz zusammengebunden, und wenn sie sich konzentriert, ragt ihre Zungenspitze aus dem Mundwinkel.

»Warum machst du einen Berg aus gestampften Kartoffeln?«, frage ich sie.

Sie hebt den Kopf und mustert mich finster.

»Das sind keine gestampften Kartoffeln, Vollpfosten. Sondern Papiermaschee.« Sie kleistert den Rest der klebrigen Mixtur rund um ein großes Loch auf dem Berggipfel. »Das ist der Vesuv.«

Victoria weiß, dass mein Name Albie ist, aber bis zum Ende meines ersten Schultages hatte sie die meisten Sechstklässler überzeugt, dass er in Wirklichkeit V.P. ist und dass sie raten sollten, wofür die Initialen stehen. Vollpfosten war ihr Lieblingsvorschlag, und sie sorgte dafür, dass er hängen blieb. Ich ignoriere das jetzt einfach. Meine Mum hat immer gesagt, dass es Schlimmeres gibt, als beschimpft zu werden.

Victoria tritt einen Schritt zurück, um ihr Werk zu betrachten. Jetzt kann ich sehen, dass das, was ich für einen Berg Stampfkartoffeln gehalten habe, in Wirklichkeit leimverschmierte Papierstreifen sind, die sie zu einem Gipfel aus Papiermaschee geformt hat. Am Fuß des Bergs stehen ein paar Legohäuser und Bauernhoftiere aus Plastik, von römischen Legosoldaten bewacht. Victoria deutet mit ihrer Bürste auf diese Legostadt.

»Das ist Pompeji. Die Legosoldaten habe ich mir aus dem Zimmer meines kleinen Bruders geliehen, und die Spielzeugkühe und -schafe sind von früher. Miss Benjamin sagt, es sei eines der besten Wissenschaftsprojekte, die sie je gesehen hat. Dein Dad sollte mich nächste Woche besser zur Siegerin küren.«

Ich möchte Victoria nicht noch einmal vor den Kopf stoßen, also beschließe ich, nicht zu erwähnen, dass Dad wahrscheinlich gar nicht kommt. Lieber erkundige ich mich, wieso ihr Berg ein Loch hat.

»Das ist kein Loch, Vollpfosten. Das ist ein Vulkan. Der Vesuv ist vor fast zweitausend Jahren ausgebrochen. Dabei hat er die Stadt Pompeji unter einer Schicht aus Vulkangestein und Asche begraben. Niemand konnte dem tödlichen Lavafluss entkommen und Tausende von Menschen wurden lebendig begraben oder total verkohlt.«

Victorias Augen glänzen, als sie die Zerstörung beschreibt.

»Und wenn ich Essig und Bikarbonat in den Krater meines Vulkans schütte, dann – KAWUMM! Dann gibt's ein Feuerwerk.«

Ich mustere einen der Spielzeugsoldaten. Sein winziger Speer zeigt auf eine Plastikkuh, die doppelt so groß ist wie er. Ich stelle mir vor, wie Victorias Vulkan sein Haus unter einer Flutwelle aus brodelnder Lava begräbt.

»Wieso haben die Leute nicht versucht zu fliehen?«

»Niemand wusste, dass der Vesuv ausbrechen würde«,

antwortet Victoria selbstgefällig. »In einem Moment saßen sie noch in der Sonne und aßen Pizza und im nächsten: KAWUMM! Totale Vernichtung.«

Mum hat immer gesagt, dass ich mir zu viele Sorgen mache. Erderwärmung, Asteroide, die auf die Erde stürzen, Experimente, die Schwarze Löcher erschaffen, die dann das ganze bekannte Universum zerstören. Wenn ich in Pompeji gelebt hätte, hätte niemand mich dabei erwischt, wie ich bloß rumhänge und Pizza esse.

»Miss Benjamin hat uns von deiner Mum erzählt«, sagt Victoria. »Sie hat gesagt, wir sollen besonders nett zu dir sein, wenn du wieder zur Schule kommst.«

Victorias Definition von »besonders nett« beinhaltet offensichtlich nicht, mich nicht Vollpfosten zu nennen, aber das, was sie als Nächstes sagt, überrascht mich noch mehr.

»Möchtest du also am Freitag zu meiner Geburtstagsfeier kommen? Sie beginnt um sieben Uhr im Gemeindesaal. Es gibt einen DJ, einen Fotoautomaten, einen Tanzwettbewerb – den ich *so was von* gewinnen werde – und tonnenweise coole Leute. Und meine Mum hat gesagt, dass ich dich auch einladen soll, um dich aufzumuntern.«

Auf einer Skala von total elend bis total happy rangiert der Gedanke, auf Victorias Geburtstagsfeier zu erscheinen, ziemlich weit unten. Ich werde nicht gerne fotografiert, und ich kann nicht tanzen, nicht mal, wenn mein Leben davon abhinge. Aber Dad hat gesagt, dass wir zur Normalität zurückkehren sollen, also sollte ich Victoria vielleicht eine zweite Chance geben.

»Danke«, sage ich. »Ich werde meinen Dad fragen, ob ich kommen darf.«

Victoria platziert den nächsten Legosoldaten und wendet sich wieder ihrem Vulkan zu. »Vergiss nicht, mir ein Geschenk mitzubringen«, ruft sie mir über die Schulter zu.

»Hat Victoria Barnes dich gerade zu ihrer Geburtstagsfeier eingeladen?« Am Tisch hinter mir höre ich Kiran flüstern. »Ist denn das zu fassen?«

Kiran ist mein bester Freund in der sechsten Klasse. Genau genommen ist er mein einziger Freund in der sechsten Klasse. Es ist schwierig, Freundschaften zu schließen, wenn man mitten im Schuljahr auf eine neue Schule kommt. Alle anderen kennen sich seit sechseinhalb Jahren – sie haben das Einmaleins zusammen gelernt, auf dem Schulhof Fußball gespielt, und alle erinnern sich an Wesley MacNamaras Großes Heuschreckenmassaker in der zweiten Klasse. Alle haben alle Freunde, die sie brauchen, und keiner verschwendet seine Zeit damit, mir das Gefühl zu geben, ich wäre willkommen. Außer Kiran.

Zuerst dachte ich, er wollte nur mein Freund sein, weil mein Dad beim Fernsehen ist – so wie Victoria –, aber dann fand ich heraus, dass Kiran vom Weltall besessen ist. Er will der erste Mensch sein, der einen Fuß auf den Mars setzt, aber sollte er das nicht schaffen, sagt er, reicht es ihm auch, der erste britisch-asiatische Astronaut zu sein. Er nimmt Tauchunterricht im Schwimmbad, um das Leben in der Schwerelosigkeit zu trainieren, und er kennt jeden Mond im Sonnensystem beim Namen.

»Aufgepasst«, sagt er und lässt Buzz Lightyear von seinem Mini-Fallschirm baumeln. »Ich schicke diesen Schurken bis in die Unendlichkeit und noch viel weiter!«

An Kirans Tisch ist ein Heliumballon in Form eines Ponys angebunden. Das Ende der Schnur, die ihn unten hält, ist um Buzz Lightyears Koppelgurt geschlungen.

»Mit einem Pony-Ballon?«

Kiran schüttelt den Kopf. »Ich habe nicht nur den einen Ballon. Mein Dad hat bei eBay einen Restposten ersteigert – nur 9,99 Pfund plus Versandkosten für hundert Ballons. Er hat sie für die Geburtstagsfeier meiner kleinen Schwester gekauft, aber die steht jetzt auf Spiderman, deshalb hat er sie mir gegeben. Miss Benjamin bewahrt den Rest bis zur Messe im Schrank auf. Hast du eigentlich den Film ›Oben‹ gesehen? Also, ich nehme die Heliumballons, um Buzz Lightyear in den Weltraum zu schicken. Die erste Actionfigur, die es in den Orbit schafft.«

Wenn Kiran Buzz Lightyear nur mit der Kraft von ein paar Ballons ins All schaffen kann, ist sein Sieg bei der Messe vorprogrammiert. Nur die Sache mit der ersten Actionfigur ist problematisch.

»Das Discovery Space Shuttle hat 2008 einen Buzz Lightyear in die Umlaufbahn gebracht«, erkläre ich ihm. »Mein Dad hat ein Video gezeigt, wie der Spielzeug-Buzz durch die ISS schwebt. Das war in der Sendung über die fünf verrücktesten Astronauten. Buzz war Dritter hinter einer Qualle und einem russischen Weltraumhund namens Laika.«

Unglücklicherweise nimmt Kiran diese Information nicht

gut auf. Er knallt seinen Buzz Lightyear auf den Tisch, Buzz' ausklappbare Flügel schnappen auf und seine Sprachbox quäkt: »Bis zur Unendlichkeit und noch viel weiter!«

»Nicht, wenn du schon da gewesen bist«, fährt Kiran Buzz an. »Ich wollte der Erste sein. Es muss etwas Besonderes geben, das ich ins Weltall schicken kann. Irgendwas, das noch keiner gemacht hat.«

»Wie wäre es mit einem Legoastronauten?«, schlage ich vor und schiele zu Victorias Vulkan hinüber. Vielleicht können Kirans Ballons die Legomännchen von Pompeji in Sicherheit bringen, bevor der Vesuv ausbricht.

Kiran schüttelt den Kopf.

»Nee, zwei kanadische Jugendliche haben 2012 ein Legomännchen ins Weltall geschickt. Ich habe ihr Video auf YouTube gesehen. Daher habe ich ja die Idee mit den Ballons.« Er beginnt die Schnur von Buzz' Koppelgurt zu lösen. »Machst du ein Projekt für die Messe? Du kannst mir bei meinem helfen, wenn du keine Zeit für ein eigenes hattest. Du weißt schon – wegen deiner Mum.«

Die einzige Wissenschaft, für die ich mich im Moment wirklich interessiere, ist Quantenphysik. Aber bevor ich Kiran das erklären kann, ertönt hinten im Klassenraum ein lautes Kreischen.

»Miss!«, ruft Lucy Webster. »Wesley hat Mr Sniffles aus dem Käfig gelassen!«

Mr Sniffles ist der Klassenhamster. Kreischen und Schreien begleitet seine Flucht über die Tische, ein haariger brauner Streifen, der sich zwischen Tuben und Töpfen mit Knetmasse hindurchwindet, während sich Miss Benjamin Gehör zu verschaffen sucht.

»Ruhe! RUHE! RUHE!«

Miss Benjamin schnappt Mr Sniffles, bevor er sich aus dem offenen Fenster stürzen kann, und dreht sich zu uns um. Ihr Gesicht ist vulkanrot, ihr linkes Auge zuckt immer heftiger.

»Dieses Verhalten ist völlig inakzeptabel! Ich dulde ein solches Chaos in meinem Klassenzimmer nicht! Wenn ihr nicht an euren Experimenten arbeiten könnt, ohne die ganze Schule zu stören, dann schreibt ihr stattdessen eben in aller Stille einen Test.«

Alle stöhnen.

»Ruhe!«, ruft Miss Benjamin wieder. Sie stapft zum hinteren Teil des Klassenraums und steckt Mr Sniffles zurück in seinen Käfig.

»Ich wollte ihn nicht rauslassen, Miss.« Wesley MacNamara hält eine Plastikschale mit winzigen grünen Blättern hoch. »Ich dachte nur, er würde vielleicht gern an meiner Kresse knabbern.«

Miss Benjamin achtet nicht auf Wesley, ihr linkes Auge zuckt immer noch ein SOS.

»So, packt alle eure Experimente ein und holt stattdessen eure Füller und Bleistifte raus. Jetzt herrscht absolute Ruhe! Ich möchte keinen Ton mehr von euch hören, bis es zur Pause klingelt.«

Fantastisch. Mein erster Tag in der Schule, und ich schreibe einen Test, in dem es nicht mal um Quantenphysik geht.

Dann fällt mir ein, dass Miss Benjamin mir meine Ausrede schon geliefert hat. Während der Rest der Klasse grummelnd seine Experimente einpackt, hebe ich meine Hand.

»Miss, kann ich mal raus, bitte? Ich würde gern in die Bibliothek.«

3.

»Du suchst ein Buch über was?«

Mrs Forest starrt mich über ihre Brille hinweg an, ihr Büchereistempel schwebt über einem Stapel *Grässliche Geschichten*.

»Quantenphysik, Miss. Für mein Wissenschaftsprojekt.«

Mrs Forest bezeichnet sich selbst nicht gerne als Bibliothekarin. Sie sagt, sie sei eine Bücherärztin, die jedem das richtige Buch verschreiben kann. Das letzte Buch, das sie mir gegeben hat, war *Danny oder Die Fasanenjagd* und handelte von diesem Jungen namens Danny, der mit seinem Vater in einem Wohnwagen lebt. Sein Dad verbringt den größten Teil des Tages damit, alle möglichen coolen Sachen wie Drachen, Go-Karts und Feuerballons zu basteln, um wiedergutzumachen, dass Dannys Mutter tot ist. Aber ehrlich gesagt, ich habe nach ein paar Kapiteln aufgehört zu lesen, weil es mich nur daran erinnert hat, was mein Dad für einen Unsinn verzapft. Alle glauben, es sei echt cool, einen Fernseh-Dad zu haben, der weiß, wie das Universum funktioniert, aber ich würde ihn jederzeit gegen einen normalen Dad tauschen, der weiß, wie man einen Drachen steigen lässt.

In unserer letzten Bibliotheksstunde hat Mrs Forest der Klasse erzählt, dass sie Bücher hat, die uns überall hinbringen können. Ganz neue Länder, unvergessliche Orte, fantastische Länder. Das war der Moment, in dem Wesley MacNamara sich meldete, um ihr zu sagen, dass sie Bücher mit Ryanair verwechselt. Alle anderen haben gelacht, aber gerade jetzt hoffe ich bloß, dass sie ein Buch für mich findet, das mich in ein Paralleluniversum bringt.

Mrs Forest legt ihren Bücherstempel zur Seite und führt mich in die Sachbuchabteilung, die versteckt um die Ecke liegt. Sie starrt auf das Regal und runzelt die Stirn, während sie eine Reihe von Büchern mit blauen Aufklebern auf dem Rücken durchgeht.

»Die komplette Wissenschaft steht hier, Albie, aber ich glaube nicht, dass du etwas über Quantenphysik findest. Es steht nicht auf dem Lehrplan für sieben- bis elfjährige Schüler. Kannst du nicht einfach deinen Dad fragen? Er weiß wahrscheinlich mehr über Wissenschaft als alle Autoren, die ich hier zusammengetragen habe.«

»Er hat zu viel zu tun«, sage ich schnell. »Ich will nur ein Buch, das mir die Grundlagen erklärt.«

»Aha.« Mrs Forest zieht ein Buch aus dem Regal. »Sieht so aus, als könnte dein Dad dir doch noch helfen.«

Sie reicht mir ein Buch und vom Umschlag starrt mich das Gesicht meines Dads an. *Ben Brights Führer durchs Universum: Von Asteroiden zu Röntgensternen und allem dazwischen*. Nachdem seine Fernsehserie so erfolgreich war, haben sie Dad gebeten, dieses Begleitbuch für Kinder zu schreiben, und er hat sich im Büro eingeschlossen, um es fertig zu kriegen. Das war der letzte Sommer gewesen, den wir zusammen als Familie hatten, bevor alles schieflief, und er hat ihn einfach verschwendet.

Mum hat mich damals zu trösten versucht.

»Er will, dass du stolz auf ihn bist, Albie. Er schreibt dieses Buch für dich.«

Damals habe ich ihr nicht geglaubt, aber jetzt hoffe ich, dass sie recht hatte.

In der Leseecke schlage ich gleich das Inhaltsverzeichnis auf. Atome, Asteroide, Dunkle Materie, Einstein und jede Menge Begriffe, die ich noch nicht mal gehört habe. Aber in der Mitte der Seite finde ich den Eintrag, nach dem ich gesucht habe.

Quantenphysik 108–109

Ich blättere zurück zu Seite 108, und das ist das Erste, was ich lese:

Wenn du denkst, du verstehst die Quantenmechanik, verstehst du sie nicht.

Guter Einstieg, Dad.

Spaß beiseite, Quantenphysik ist eine verrückte Wissenschaft. Sie versucht, das seltsame Verhalten von Atomen und Teilchen zu erklären. Innerhalb der klitzekleinen Quantenwelt, müsst ihr wissen, kann ein Atom oder ein Teilchen zur selben Zeit an mehr als einem Ort sein und sich dabei sogar in verschiedenen Zuständen befinden! Der Quantenphysik zufolge ist alles möglich, bis man genauer hinschaut.

Ich kratze mich am Kopf. Dad hat mich schon abgehängt. Wie kann etwas zur selben Zeit an zwei verschiedenen Orten und dabei sogar zwei unterschiedliche Dinge sein? Das ergibt keinen Sinn.

Um meinem Hirn eine Pause zu gönnen, betrachte ich den Cartoon in der Mitte der Seite. Er zeigt etwas, das wie eine Zombiekatze aussieht, die in einer Kiste gefangen ist, und dazu einen Hammer, der über einer Flasche mit Gift hängt, einen Geigerzähler und einen glühenden radioaktiven Klumpen.

Der Text darunter erklärt diesen gruseligen Cartoon.

Um die seltsamen Effekte der Quantenphysik zu verdeutlichen, erdachte ein Wissenschaftler namens Erwin Schrödinger ein Gedankenexperiment. Eine Katze wird zusammen mit einem Klumpen radioaktivem Uran, das mit fünfzigprozentiger Sicherheit zerfallen wird, in eine geschlossene Kiste gesteckt. Das bedeutet, dass in jedem Moment die fünfzigprozentige Möglichkeit besteht, dass radioaktive Teilchen abgesondert werden. Wenn der Geigerzähler ein radioaktives Teilchen wahrnimmt, wird er den Hammer auslösen und die Flasche mit Gift zerschlagen. Das wird die Katze töten. Die Quantenphysik behauptet jedoch, dass sich die Teilchen bis zu dem Moment, in dem die Kiste geöffnet wird und wir einen Blick hineinwerfen, gleichzeitig in beiden möglichen Zuständen – zerfallen und nicht zerfallen – befinden. Das bedeutet, dass die Katze in der Kiste gleichzeitig tot und lebendig ist!

Kopfschüttelnd versuche ich mir einen Reim auf dieses verrückte Experiment zu machen, das sich der wohl schlimmste Tierhalter aller Zeiten ausgedacht hat. Wie kann eine Katze gleichzeitig tot und lebendig sein? Doch noch bevor ich den Rest der Erklärung lesen kann, schlägt mir Wesley MacNamara das Buch aus der Hand und fläzt sich neben mich auf das Sofa.

»Okay, Vollpfosten.« Er lugt in Dads immer noch aufgeschlagenes Buch. »Machst du das für dein Wissenschaftsprojekt? Miss Benjamin lässt dich nie im Leben eine Katze radioaktiv verseuchen. Sie lässt mich ja nicht mal ein Schnabeltier sezieren.« Wesleys lässt sein linkes Augenlid Miss-Benjamin-mäßig zucken: »Schnabeltiere stehen unter Artenschutz, Wesley, und ich werde auf keinen Fall zulassen, dass du in meinem Klassenraum niedliche australische Tiere aufschlitzt.«

Wesley stöhnt. »Das sind haarige Freaks. Flossen wie ein Otter, Schwanz wie ein Biber, Elektrorezeptoren am Schnabel wie eine mutierte Ente. Wenn du mich fragst, sind das Außerirdische, die die Erde erobern wollen. Und ich soll bloß keins zerstückeln, damit ich's nicht rausfinde.«

Das ist nicht mal das Verrückteste, was ich Wesley habe sagen hören. Als ich neu auf der Schule war, hat er mir erklärt, dass alle Lehrer hier außerirdische Reptilien sind, die ihre Gestalt wandeln und Schülerblut trinken. Als Miss Benjamin das hörte, hat sie ihm erklärt, dass sie bestimmt nicht als EKL arbeiten würde, wenn sie ein außerirdisches Reptil wäre, das seine Gestalt wandeln könnte. Und dann sagte sie noch, dass er für den Rest der Woche nachsitzen müsste, wenn sie ihn das noch mal sagen hörte. Von da an hat sich Wesley in

Sachen blutsaugende außerirdische Lehrer ziemlich zurückgehalten.

»Was machst du dann für dein Wissenschaftsprojekt?« Ich versuche, das Thema zu wechseln.

Wesley macht eine finstere Miene. »Sie hat mich dazu gebracht, Kresse in einem Schrank anzupflanzen – schon wieder. Das gleiche Projekt mache ich seit der ersten Klasse. Aber diesmal habe ich einen Plan.« Mit einem gefährlichen Leuchten in den Augen beugt er sich vor. »Wenn wir morgen unseren Ausflug machen, finde ich die Wahrheit über das Schnabeltier heraus, und du wirst mir dabei helfen.«

Mir gefällt der Ton nicht, in dem er das sagt. Morgen macht Miss Benjamin mit uns einen Ausflug ins Museum für Naturgeschichte und Mechanische Wunder. Kiran behauptet, denselben Ausflug hätten sie in jedem der fünf vorangegangenen Schuljahre gemacht. Er sagt, das Museum nenne sich zwar Museum, sei aber nur ein großes Haus voller Müll. Es hat mal einem viktorianischen Abenteurer namens Montague Wilkes gehört, der die Schule verließ, um die Welt zu entdecken, und dann alles, was er fand, nach Hause schickte, bevor er irgendwo in Australien den Löffel abgab. Ich habe mir die Website des Museums angesehen, und die meisten Sachen, die er gefunden hat, scheinen ausgestopfte Tiere gewesen zu sein. Sogar ein Schnabeltier im Glas war dabei, und jetzt hatte ich das schreckliche Gefühl, dass Wesleys Plan genau darauf gründete.

»Äh, ich glaube nicht, dass ich morgen ins Museum kann. Gestern war die Beerdigung meiner Mum ...«

Wesleys Faust ist fast so schnell wie ein Atom im Großen Hadronen-Speicherring. Er verpasst mir einen tauben Arm.

»Au!«

»Besser, du hilfst mir morgen«, warnt er mich, »sonst setzt es was. Und denk ja nicht, dass du deine Mum als Ausrede benutzen kannst. Andere Leute haben auch keine Mum, aber glaub nicht, dass ich deswegen heule.«

Wesley wohnt mit seinem Kindermädchen und seinem Großvater zusammen. Kiran hat mir erzählt, dass Wesleys Mutter Urlaub an der Costa del Sol gemacht hat, als er in der dritten Klasse war, und einfach nicht mehr wiedergekommen ist. Aber wenigstens sieht er sie in den Sommerferien.

Plötzlich taucht Mrs Forest wie ein Bibliothekars-Ninja hinter den Regalen für Geografie und Geschichte auf.

»Was ist hier los?«, fragt sie mit einem misstrauischen Blick. »Wesley, warum bist du nicht in der Klasse?«

»Miss Benjamin hat mich geschickt, um nachzusehen, ob mit Albie alles in Ordnung ist, Miss.« Wesley legt mir das Buch von meinem Dad wieder in den Schoß und steht vom Sofa auf. »Wegen seiner Mum und so, wissen Sie.«

»Und bist du in Ordnung, Albie?«, fragt Mrs Forest und betrachtet das offene Buch in meinen Händen. »Hast du gefunden, wonach du suchst?«

Mit schmerzendem Arm betrachte ich wieder die Katze in dem Cartoon – das Zombietier ist immer noch gleichzeitig tot und lebendig. Ich habe keinen blassen Schimmer, wie Schrödingers verrücktes Gedankenexperiment mir helfen könnte, meine Mum wiederzufinden. Quantenphysik ist ganz schön verwirrend. Ich muss nachdenken, aber in der Schule hat man dazu keine Zeit. Vor allem nicht, wenn Wesley MacNamara mir den Arm taub schlägt, damit ich mich an seinem neuesten Irrsinn beteilige. Ich spüre, wie mein Hirn abschaltet, um den Schmerz zu vertreiben, und mich innerlich leer zurücklässt. Ich muss hier raus.

»Ich bin mir nicht sicher, Miss«, schniefe ich und wische mir ein bisschen Feuchtigkeit aus dem Augenwinkel. »Ich will einfach nur nach Hause.«

Während Mrs Forest mich zum Sekretariat führt, um Grandad Joe anzurufen, ruft Wesley mir nach: »Bis morgen.« Ich drehe mich um und Wesley ballt eine Faust. »Sonst setzt es was«, formen seine Lippen.

4.

Grandad Joe hat mich von der Schule abgeholt. Ich sitze in seiner Küche und soll was essen.

»Du musst stark bleiben, Albie, mein Junge.« Grandad Joe kratzt etwas, das wie eine gebratene Einlegesohle aussieht, aus der Pfanne und schiebt es auf meinen Teller. »Hier, damit bist du gleich wieder auf dem Damm.«

Ich starre auf den Teller. Er sieht aus wie ein ausgebrannter Metzgerladen, bevor die Spurensicherung anrückt. Ich habe gesehen, wie Grandad Joe Würstchen, gestreiften Speck und Blutpudding aus dem Kühlschrank genommen hat, aber abgesehen von einem schmierigen See aus gebackenen Bohnen ist alles auf meinem Teller bis zur Unkenntlichkeit verbrannt. Ich pike mit der Gabel versuchsweise in etwas, das wie ein gerösteter Finger aussieht. Die Zinken prallen davon ab, unfähig, die kohlrabenschwarze Haut des Würstchens – mehr Pfannenbeschichtung als Wurst – zu durchdringen.

Verbranntes Essen ist karzinogen. Das heißt, es kann Krebs erregen. Wenn ich diese Wurst esse, mutiert vielleicht eine

Zelle in meinem Körper und dann noch eine und noch eine, und ich würde nicht mal wissen, dass ich Krebs habe, bis es zu spät ist. Genau wie meine Mum.

Ich schiebe den Teller beiseite. Es ist das Risiko nicht wert.

»Komm schon, Albie. Iss auf, Junge.«

Ich kann die Sorge in Grandads Stimme hören, aber das hält mich nicht davon ab, den Kopf zu schütteln.

»Mum hat mir meistens ein Sandwich gemacht«, sage ich zu ihm. Seufzend sinkt Grandad Joe neben mir auf den Küchenstuhl.

»Verflixte Hüfte«, murmelt er und zuckt zusammen, als er das Bein unter dem Tisch anwinkeln will. »Tut mir leid, Albie. Ich mach dir ein Sandwich; gib mir nur eine Minute.«

Jetzt fühle ich mich schuldig, also schüttele ich schnell den Kopf. »Ist schon in Ordnung, Grandad. Ich esse einfach meine Bohnen. Ist mal eine Abwechslung.«

Wieder seufzt Grandad Joe.

»Abwechslung hat es in der letzten Zeit genug gegeben, und keine davon war zum Besseren.«

Nach Mums Tod kam der Pfarrer zu uns nach Hause, um über die Beerdigung zu reden. Wie üblich endete es damit, dass Dad und Grandad in Streit gerieten – über die Blumen, die Kirchenlieder, die Musik. Dad wollte »Across the Universe« von den Beatles, aber Grandad Joe meinte, ohne »All Things Bright and Beautiful« wäre es keine richtige Beerdigung. Schließlich sagte der Pfarrer, dass sie beim Gottesdienst erst »All Things Bright and Beautiful« und dann am Ende »Across the Universe« spielen würden. Mir war das egal – das einzige Lied, das mich an Mum erinnerte, war das, zu dem wir immer in der Küche getanzt hatten, und das wollte ich auf der Beerdigung nicht hören. Es hätte mich nur daran erinnert, dass sie nicht mehr da war.

Bevor er ging, wollte der Pfarrer mir ein kleines Büchlein mit einem traurig aussehenden Hasen auf dem Umschlag geben, das den Titel »Als Bunny seine Mami verlor« trug. Ich erklärte ihm, ich sei zu alt für Bilderbücher, also gab er mir stattdessen die Broschüre für Erwachsene. Die hieß »Die Trauer meistern« und drehte sich um die Gefühle, die man hat, wenn jemand stirbt, der einem nahesteht. In dem Heftchen stand, dass die meisten Menschen fünf Stadien der Trauer durchleben.

1. LEUGNEN. Das ist das Stadium, in dem Dad hängen geblieben ist. Ins Labor in der Mine verschwinden und so tun, als wäre alles in Ordnung. Ist es nicht, und ich wünschte mir, er würde mir helfen, das Problem zu lösen, anstatt so zu tun, als würde es nicht existieren.

2. ZORN. Das ist das Stadium, in dem Grandad Joe sich befindet – deshalb streitet er ständig mit Dad. Gestern habe ich ihn zu Dad sagen hören, dass die Arbeit im CERN Mum krank gemacht haben muss. Er meint, dass das ganze Herummachen mit den Atomen ihren Krebs verursacht hat. Dad nannte ihn lächerlich, aber Grandad Joe hat ihn wüst beschimpft. Ich habe Grandad Joe noch nie zuvor so schimpfen hören, also zeigt das, wie wütend er ist.

3. VERHANDELN. Das habe ich getan, nachdem Mum mir gesagt hat, dass sie krank ist. Wenn ich auf dem Weg zur Schule auf keinen Spalt trat, würde alles gut werden. Wenn ich eine Sternschnuppe sah, würde ihr Krebs verschwinden. Ich bin schier verrückt geworden über diese magischen Spielchen, aber nichts hat funktioniert.

4. DEPRESSION. Mein Zustand, wenn es nach den anderen geht, aber in Wirklichkeit habe ich seit Mums Tod nicht geweint. Mir ist einfach klar geworden, dass es reine Zeitverschwendung ist, traurig zu sein. Besser konzentriere ich mich darauf, alles wieder in Ordnung zu bringen.

5. AKZEPTANZ. In der Broschüre steht, dass man in diesem letzten Stadium der Wahrheit ins Gesicht sieht, dass der Mensch, der gestorben ist, nie wiederkommt. Aber seit Dad mir gesagt hat, dass es ein Paralleluniversum gibt, in dem Mum immer noch lebt, kann ich an nichts anderes mehr denken, als sie wiederzusehen.

Nach einem Mundvoll Bohnen verziehe ich das Gesicht und schiebe den Teller wieder weg. Grandad mag die Würstchen und den Speck verbrannt haben, dafür hat er vergessen, die Bohnen aufzuwärmen.

»Ich habe gerade keinen Hunger.«

»Lass mich dir ein Sandwich machen.« Grandad Joe wirft einen Blick auf die Küchenuhr. »In der Glotze kommt gleich ein guter Film – *Zurück in die Zukunft*. Das war einer der

Lieblingsfilme deiner Mum. Wir könnten ihn zusammen ansehen.«

Wann immer Dad am Wochenende für seine Sendung gedreht hat, haben Mum und ich am Samstagabend einen Filmmarathon veranstaltet. Wir haben uns alle *Star Wars*-Filme reingezogen, DVD-Box-Sets von *Doctor Who*, *Zurück in die Zukunft* 1, 2 und 3. Mum hat gesagt, dass sie wegen *Zurück in die Zukunft* Wissenschaftlerin werden wollte, war allerdings ein bisschen enttäuscht, dass es ihr immer noch nicht gelungen war, eine Zeitmaschine zu erfinden.

Damals habe ich gelacht, aber jetzt erinnere ich mich an das, was Grandad Joe gestern gesagt hat. Wenn Mum keine Wissenschaftlerin geworden wäre, wäre sie vielleicht immer noch hier.

»Glaubst du, es war Mums Arbeit, die sie krank gemacht hat?«

Jetzt ist es an Grandad Joe, schuldbewusst zu gucken.

»Es tut mir leid, Albie«, sagt er, nimmt seine Brille ab und reibt sich die Augen. »Ich wollte nicht, dass du das hörst.« Wieder seufzt er, der letzte Rest Energie scheint mit einem einzigen Atemzug aus ihm zu weichen. »Nein, ich glaube nicht, dass sie deswegen krank geworden ist. Ich habe nur jemanden gesucht, dem ich die Schuld geben kann. Ich war stolz wie Oskar auf deine Mum, als sie mir gesagt hat, dass sie Wissenschaftlerin werden wollte. Sie war die Erste aus der Familie, die auf eine Universität gegangen ist, und dann auch noch Cambridge. Natürlich habe ich nichts von diesem Teilchen-Zeugs verstanden – Atome, Protonen und Dingsbums – aber nach dem Tod deiner Grandma Joyce hat sie versucht, es mir zu erklären. Wir hatten das Teleskop im Garten aufgestellt und haben die Sterne angeschaut – genau wie damals, als deine Mum ein kleines Mädchen war. Aber dieses Mal hat sie mir erklärt, wie alles, was wir da sehen konnten – all die Tausend Sterne am Himmel – einmal in eine winzige Blase gepasst hat, die tausend mal kleiner als ein Nadelkopf war. Sie hat gesagt, dass der Urknall das alles erschaffen hat und dass sie mit ihren Experimenten erforscht, wie das Universum entstanden ist. Für mich klang das unglaublich und das habe ich deiner Mum auch gesagt: Kein Urknall, ohne dass es jemanden gibt, der dafür gesorgt hat.«

»Glaubst du also, dass Mum im Himmel ist, Grandad?«

»Natürlich ist sie das«, sagt er zuversichtlich und setzt sich die Brille wieder auf. »Während wir hier reden, hilft ihr deine Grandma gerade mit den Flügeln.« Beim Aufstehen zuckt er zusammen. »Also, soll ich das Popcorn holen?«

Ich schüttele den Kopf. Noch einmal *Zurück in die Zukunft* zu gucken wird mir nicht helfen, meine Mum zu finden.

»Ich denke, ich lass den Film diesmal ausfallen, Grandad. Ich muss noch Hausaufgaben machen.«

5.

Mein Zimmer ist oben im Haus. Da ist mein ganzer Kram. Und eigentlich auch das meiste Zeug von Mum und Dad. Als wir nach England zurückgekommen sind und Dad Mum zu ihren ganzen Terminen im Krankenhaus bringen musste, war nicht genug Zeit, alles auszupacken, und die Kisten wurden stapelweise aus dem Weg geräumt und in mein Zimmer geschafft.

»Das ist nur vorübergehend«, sagte Dad, als ich mich darüber beschwerte. Ich hatte kaum Platz, mich umzudrehen. »Wir kümmern uns drum, wenn es Mum wieder besser geht.«

Also ist die Hälfte des Fußbodens in meinem Zimmer jetzt mit Pappkartons vollgestellt, über die ich jeden Morgen nach dem Aufstehen klettern muss. Mein Zimmer in Genf war doppelt so groß wie diese Dachkammer, und es war genau so, wie ich es haben wollte. Es gab deckenhohe Regale für all meine Bücher und Comics und einen großen Schreibtisch, auf dem ich meine Schulprojekte aufbauen konnte, und über meinem Bett hing eine riesige Sternenkarte, auf der jede Konstellation der Milchstraße zu sehen war.

Ich setze mich auf die Kante meines Betts. Jetzt habe ich keine Bücherregale mehr, sondern überall Bücher- und Comicstapel, einen winzigen Schreibtisch, der nicht mal groß genug ist, um Hausaufgaben zu machen, und an den Wänden keinen Platz für meine Sternenkarte. Das einzige Poster, das ich aufgehängt habe, ist eine Karte des Sonnensystems, aber das auch nur, um zu übertünchen, was Grandad Joe angerichtet hat, als er hörte, dass wir zurückkämen. Dieser Raum war mein Kinderzimmer, als ich ein Baby war, und unter Grandads hastigem Anstrich kann man, wenn man genau hinsieht, immer noch die alte Paddington-der-Bär-Tapete sehen.

In der Zimmermitte steht mein Teleskop und zeigt zur Dachluke. Mum und Dad haben es mir zu meinem letzten Geburtstag gekauft, damit ich ein Auge auf jeden gefährlichen Asteroiden haben kann, der vielleicht auf die Erde zusteuert. Ich folge @AsteroidWatch auf Twitter, damit mir keine Frühwarnung entgeht. Man kann nicht vorsichtig genug sein.

Mum hat gesagt, dass es ein gigantischer Asteroideneinschlag war, der die Dinosaurier ausgelöscht hat, und dass es Tausende von Asteroiden im Weltall gibt. Einer könnte jetzt geradewegs auf uns zusteuern, also muss ich den Himmel im Auge behalten.

Das war das einzig Gute daran, nach Clackthorpe zurückzukommen. Das Dorf liegt mitten in einem Sternenpark. Das heißt, dass es dort keine Straßenlaternen und keine Lichtverschmutzung gibt – nichts, was einen daran hindert, Tausende Sterne am Himmel zu sehen.

Für die besten Resultate sollte man sein Teleskop eigentlich draußen aufstellen, aber da Mum sich wegen der kalten Luft die Lunge aus dem Hals hustete, haben wir immer von meinem Zimmer aus in die Sterne geschaut.

Beim Gedanken an Mum, wie sie eingemummelt in den flauschigen Bademantel, den ich ihr letzte Weihnachten geschenkt habe, und der ihr jetzt, nach den ganzen Krankenhausbehandlungen, zwei Nummern zu groß ist, auf der Bettkante sitzt, schließe ich die Augen. Während das Teleskop den Himmel absucht, erzählt mir Mum von den Wundern, die wir gerade sehen. Kometen und Meteore, den Orion-Nebel und die Andromedagalaxie, die Eisringe des Saturn und Jupiters großen roten Fleck. Eine meiner liebsten Ansichten ist Omega Zentauri – ein Kugelsternhaufen mit rund zehn Millionen Sternen, der um die Milchstraße kreist. Durch das Teleskop sieht er wie ein Schwarm Glühwürmchen im Weltall aus.

Mum hat mir gesagt, dass man eigentlich in die Vergangenheit sieht, wenn man nachts zum Himmel aufschaut. Omega Zentauri ist über 15.000 Lichtjahre entfernt. Das heißt, wenn ich durch mein Teleskop schaue, sehe ich die Sterne, wie sie vor 15.000 Jahren waren. Vielleicht sind einige dieser Sterne vor einer Ewigkeit erloschen, aber ihr Licht reist immer noch zu uns. Selbst Barnards Stern, einer von denen, die der Erde am nächsten sind, ist noch sechs Lichtjahre entfernt. Wenn ich wissen will, wie dieser Stern »jetzt« aussieht, bedeutet das, dass ich bis zur zehnten Klasse warten muss, bevor sein Licht mich erreicht. Mum hat gesagt, dass ihre Experimente im Großen Hadronen-Speicherring Milliarden von Jahren in die Vergangenheit zurücksähen, um eine Aufnahme vom Anfang des Universums zu machen.

Wenn in der Oort'schen Wolke am Rande des Sonnensystems ein Außerirdischer in diesem Moment durch ein superstarkes Teleskop auf die Erde blicken würde, würde er durch das Fenster meiner Dachluke gucken und meine Mum neben mir auf dem Bett sitzen sehen?

Ich öffne die Augen und sehe mich im Zimmer um. Alles, was er jetzt sehen würde, wäre das Schwarze Loch, das sie zurückgelassen hat. Niemand kann es je füllen.

Das klingt jetzt schrecklich, aber manchmal wünschte ich, Dad wäre anstelle von Mum gestorben. Versteht ihr, es gibt haufenweise Clips von ihm auf YouTube, und ich kann mir sogar das DVD-Set seiner Sendung angucken, aber ich habe keine Videos von meiner Mum. Ich kann nicht einfach einen Clip angucken, um ihr Gesicht zu sehen oder ihre Stimme zu hören.

Ich öffne meine Schultasche. Die einzige Hausaufgabe, die zählt, ist Mum zu finden. Ich lege mein Lunchpaket auf das Bett, ziehe Dads Buch raus und blättere wieder zu der Seite mit der Zombiekatze, die immer noch gleichzeitig tot und lebendig in der Kiste eingesperrt ist. Wenn ich verstehen will, wie Quantenphysik funktioniert, muss ich den Rest der Erklärung lesen.

Aber nicht alle Wissenschaftler glauben, dass Schrödingers Katze gleichzeitig tot und lebendig sein kann. Ein Wissenschaftler namens Hugh Everett hatte eine andere Erklärung für das seltsame Verhalten von Atomen in der Quantenwelt. Das ist die Viele-Welten-

Interpretation. Seine Theorie besagt, dass das Universum sich in zwei Teile teilt, wenn die Kiste geöffnet wird. In einem Universum ist die Katze tot und in dem anderen Universum ist sie lebendig. Beide dieser Paralleluniversen sind real und können sich sogar an der gleichen Stelle im Universum befinden, sie sind aber durch verschiedene Dimensionen getrennt.

Paralleluniversen, verschiedene Dimensionen – Quantenphysik klingt mehr nach Science-Fiction als nach wissenschaftlichen Fakten.

Laut der Viele-Welten-Interpretation gibt es eine unendliche Anzahl von Paralleluniversen, jede davon mit einer Kopie von dir, die alle ein identisches Leben führen, jedoch mit einer winzigen Änderung, sobald eine andere Entscheidung getroffen wurde. Wissenschaftler, die am Großen Hadronen-Speicherring im CERN arbeiten, glauben, dass sie mit ihren Experimenten womöglich herausfinden können, ob diese Paralleluniversen existieren, indem sie winzige Schwarze Löcher bilden.

Moment mal! Davon hat Mum mir nie erzählt. Ich dachte, dass es bei all ihren Experimenten am CERN darum ging herauszufinden, wie das Universum entstanden ist und nicht, ob es Paralleluniversen gibt. Ich schaue auf die in meinem Zimmer verstreuten Kisten, die meisten davon enthalten Mums Kram vom CERN. Vielleicht ist der Hinweis auf eine dieser Parallelwelten ja in einer dieser Kisten versteckt ...

Ich öffne den Deckel des Kartons, der mir am nächsten steht, und fange an, ihn auszuräumen. Das Erste, was ich finde, sind Stapel langweilig aussehender Magazine mit Namen wie *Internationales Journal der Theoretischen Physik*, *Nukleare*

Instrumente und Methoden und *Nachrichten aus der Physik*. Das letzte blättere ich durch, aber es enthält keine interessanten Psychotests wie manche von Mums anderen Zeitschriften und, um ehrlich zu sein, ich verstehe kein Wort.

Unter den Magazinen verbirgt sich ein Stapel mit Sachen, die Mum auf ihrem Tisch im CERN hatte. Eine nach der anderen räume ich sie aus der Kiste. Da ist ein digitaler USB-Geigerzähler, um Radioaktivität zu messen, ein Newton-Kugelstoßpendel für den Schreibtisch, dessen Drähte völlig verheddert sind, ein Albert-Einstein-Mousepad, ein Laptop-Halter und ein alter Ammonit.

Mum und ich haben das Fossil gefunden, als wir auf einem unserer Spaziergänge zu Grandad Joe durchs Moor gegangen sind. Es ist etwa drei Zentimeter breit, goldfarben und hat die Form einer Spirale. Als wir es fanden, hat Mum mir erzählt, dass das die Überreste eines Meereswesens sind, das vor 100 Millionen Jahren gelebt hat. Dad sagte, dass er eine Halskette für Mum daraus machen würde, aber er ist nie dazu gekommen. Ich stecke den Ammoniten in meine Tasche.

Das Nächste in der Kiste sind noch mehr Papierstapel – Computerausdrucke mit endlosen Zeilen seltsamer Nachrichten, die keinen Sinn ergeben. ZERFALL BEI STRAHLROHR UND AUF STUFE 1 AKTIVIERT. IONISATION AKTIV IN 2 HAUPTVOLUMEN. Ich verstehe kein einziges Wort. Ich weiß nicht, wonach ich suche. Ich bin kein Quantenphysiker – ich bin erst in der sechsten Klasse.

Die Hoffnung, die sich zunächst in mir breitgemacht hatte, schwindet langsam. Wenn Mum kein Paralleluniversum finden konnte, wie soll ich es dann schaffen? Doch als ich das letzte Blatt Papier hervorziehe, finde ich die Antwort auf meine Gebete auf dem Boden des Kartons. Es ist eine Umhängetasche aus Leder – die, mit der Mum jeden Tag zur Arbeit gegangen ist.

Ich öffne den Reißverschluss und ziehe Mums Laptop heraus. Den hat sie vom CERN mitgebracht, als sie noch glaubte, von zu Hause aus arbeiten zu können – bevor sie nach der Strahlentherapie zu schwach war, um etwas zu essen, geschweige denn am Schreibtisch zu sitzen.

Mum hat mir erzählt, dass ihr Laptop der Prototyp eines Quantencomputers ist, mit millionenfach mehr Power als jeder normale Laptop aus der PC-Welt. Mums Computer, müsst ihr wissen, ist mit dem Grid verbunden – einem riesigen Computernetzwerk, das über die ganze Welt verteilt ist. Das Grid analysiert die Milliarden Tonnen von Daten, die der Große Hadronen-Speicherring jedes Mal ausstößt, wenn er Atome zusammenprallen lässt. Die meisten herkömmlichen Computer würden Jahre brauchen, um jede Kollision zu analysieren, aber Mums Super-Quantencomputer schafft das in Sekunden. Auf einem Computerchip hat er sogar seinen eigenen Mini-Teilchenbeschleuniger – einen Mikro-Hadronen-Speicherring –, der die Ergebnisse ihrer Experimente gewissermaßen noch mal durchspielen kann. Nanotechnologie, hat Mum gesagt, und sogar Dad wirkte beeindruckt, als er ihn das erste Mal gesehen hat.

Ich klappe den Laptop auf, der Bildschirm blinkt, bevor ich auf den Einschaltknopf gedrückt habe. Ein Schwall von Zahlen pulsiert über den Monitor – Nullen und Einsen – sie blinken so schnell, dass sie zu einem großen Ganzen verschwimmen. Das sind die Daten, die aus dem Großen Hadronen-Speicherring hereinströmen. Wenn es stimmt, was in Dads Buch steht, ist der Beweis, dass es Paralleluniversen gibt, irgendwo hier drin versteckt.

Dann habe ich meinen Heureka-Moment. Wissenschaftler sagen immer »Heureka!«, wenn ihnen verblüffende neue Theorien einfallen. Angefangen hat das mit diesem Wissenschaftler namens Archimedes, der vor über zweitausend Jahren im Alten Griechenland gelebt hat. Offensichtlich hatte er eine geniale Idee, als er ins Bad sprang und danach nackt herumlief und »Heureka!« rief. Ich glaube, das ist ein altes griechisches Wort für »Ich hab's« oder vielleicht auch einfach nur für: »Mir ist saukalt!«

Egal, ich renne nicht nackt durch Clackthorpe, aber als ich den leeren Karton und den flackernden Computer betrachte, habe ich meine eigene geniale Idee.

In seiner Sendung hat Dad mal gesagt, dass die größten wissenschaftlichen Entdeckungen gemacht würden, wenn Wissenschaftler etwas betrachten und denken: »Ich frage mich, was passiert, wenn ich das jetzt ein bisschen verändere.«

Das nennt man dann ein Experiment.

Wenn also Schrödingers Katze in ein Paralleluniversum geschickt werden kann, indem man sie mit einem Klumpen radioaktivem Uran, einem Geigerzähler und einer Flasche Gift in eine Kiste steckt, könnte dann nicht auch ich an ihrer Stelle in die Kiste klettern? Natürlich möchte ich nicht mausetot in einer Parallelwelt auftauchen, also kann ich die Flasche Gift weglassen. Den digitalen Geigerzähler mit USB-Anschluss von Mum habe ich schon, nur kann ich, wenn ich mich so in meinem Zimmer umschaue, einfach keinen Klumpen radioaktives Uran entdecken. Doch dann sehe ich mein Lunchpaket.

Ein Sandwich mit Käse und Gurke, eine Tüte Hula Hoops und eine Banane.

Wusstet ihr, dass Bananen radioaktiv sind? Werft einen Blick auf die Obstschale in eurer Küche. Wenn sich eine Banane darin befindet, besteht die Möglichkeit, dass ihr gerade eine Dosis Radioaktivität abkriegt. Keine Sorge, das bedeutet nicht, dass ihr hellgrün werdet, wenn ihr reinbeißt. Damit ihr euch in einen mutierenden Zombie verwandelt, müsstet ihr fünf Millionen Bananen essen. Aber Bananen sind radioaktiv, weil sie genau wie Vitamine, die man in normalem Obst wie Äpfeln und Birnen findet, einen geheimen Inhaltsstoff haben, den man Kalium-40 nennt. Das bedeutet, dass zu jederzeit eine zehnprozentige Chance besteht, dass eine Banane dir eine Portion Gammastrahlung verpasst, wenn ein Atom in ihr zerfällt.

Ich schnappe mir die Banane von meinem Bett und lege sie neben den Laptop, den Geigerzähler und den Karton auf den Fußboden. Wenn die zehnprozentige Chance besteht, dass die Banane radioaktiv wird, dann müsste sich das Universum laut Dads Buch zweiteilen. In einem Universum liegt die Banane harmlos da, während sie im anderen radioaktive Gammastrahlen aussendet. Wenn ich den Geigerzähler an

Mums Quantencomputer anschließe, dann findet er vielleicht eine Verknüpfung zu dem Paralleluniversum, in dem das passiert. Ich beschließe, das die Quanten-Bananen-Theorie zu nennen.

Ich kippe den Karton auf die Seite, weil es so einfacher ist, hineinzuklettern, und schließe den Geigerzähler an der USB-Schnittstelle des Laptops an. Dann lege ich beides wieder zusammen mit der Banane in den Karton.

Als ich hineinspähe, kann ich sehen, dass die digitale Anzeige ein großes fettes null CPM anzeigt. CPM steht für *Counts per Minute* – je höher der Grad an Radioaktivität, desto mehr Klicks gibt es auf dem Geigerzähler. Es finden sich also noch keine Anzeichen für eine Kernschmelze der Banane. Es ist an der Zeit, mit dem Experiment zu beginnen.

Ich will gerade in den Karton klettern, als eine klitzekleine Sorge mich davon abhält. Aus der Sendung meines Dads weiß ich, dass es zahlreiche Wissenschaftler gibt, die an sich selbst experimentiert haben, und das ist nicht immer gut ausgegangen. Um seine Theorie zu überprüfen, dass Blitze und Elektrizität dasselbe sind, hat ein Wissenschaftler namens Benjamin Franklin seinen Drachen direkt in ein Gewitter aufsteigen lassen. Es stellte sich heraus, dass er recht hatte. Ein riesiger Blitz traf den Drachen und verpasste ihm einen gewaltigen elektrischen Schlag! Und dann war da noch der Typ, der sich an einen mit Raketen angetriebenen Schlitten geschnallt hat, um herauszufinden, was passiert, wenn ein Mensch schneller ist als der Schall. Dabei sind ihm fast die Augen aus dem Kopf getreten.

An sich selbst zu experimentieren, kann riskant sein. Wie kann ich sicher sein, was mit mir passiert, wenn ich den Deckel des Kartons schließe? Ich muss einen sicheren Weg finden, um die Quanten-Bananen-Theorie zu überprüfen.

Da habe ich meinen zweiten Heureka-Moment. Vielleicht hatte Schrödinger am Ende ja doch recht. Bevor ich mit einer radioaktiven Banane in den Karton steige, muss ich erst eine Katze finden, um es auszuprobieren.

6.

Das einzige Haustier, das ich jemals hatte, war ein Hamster namens Hawking. Mum und Dad hatten ihn mir zu meinem zehnten Geburtstag geschenkt, zur Wiedergutmachung, dass wir zurück nach Clackthorpe ziehen mussten. Den Namen hatte Dad vorgeschlagen, obwohl ich den Hamster manchmal Hawkeye nannte, weil ich fand, dass das cooler klang.

Unglücklicherweise muss der Kater von nebenan – Dylan – gedacht haben, dass Hawkings Name Hamburger war, denn gerade als ich im Garten einen Hamsterauslauf für ihn aufgebaut hatte, sprang Dylan über den Zaun und fraß ihn. Ich hatte ihm nur eine Sekunde den Rücken zugedreht, doch als ich mich wieder umdrehte, war Dylan mitten im Auslauf und mampfte meinen Hamster. Als Mum mich schreien hörte, lief sie heraus und versuchte Dylan dazu zu bringen, den Hamster fallen zu lassen, aber als er es endlich tat, war es zu spät für Hawking.

Es ist komisch, ich glaube, ich habe bei Hawkings Tod mehr geweint als bei Mums. Es ist nicht so, dass ich meinen

Hamster mehr geliebt hätte als meine Mum. Um ehrlich zu sein, war er manchmal ein bisschen nervig, wenn er in seinem quietschenden Rad rumturnte, während ich zu schlafen versuchte. Ich glaube, es war, weil mir bewusst wurde, dass es nichts gab, das ich tun konnte, als ich ihn so im Gras liegen sah, nachdem Dylan davonstolziert war. Anders als jetzt.

Dylan gehört Mrs Carrington – der verrückten alten Frau von nebenan. Man sieht nie einen Vogel in unserem Garten landen, aus Angst davor, dass Dylan vielleicht irgendwo im Gebüsch lauert und auf den richtigen Moment wartet, um zuzuschlagen.

Und jeder Spatz, der zu blöd ist, das Schild mit der Aufschrift »VORSICHT KATZE« am hinteren Tor von Mrs Carrington zu lesen, hinterlässt nicht mehr als eine Schmierspur Tomatenketchup auf dem Rasen, während Dylan lässig weiterzieht und sich die Federn aus den Zähnen pult.

Dylan hat sogar eine Unterlassungsverfügung für Katzen wegen unsozialen Verhaltens von der Gemeinde bekommen. Darin steht, dass er Dienstagmorgens, wenn die Müllmänner ihre Runde machen, im Haus bleiben muss. Was daran liegt, dass Dylan einen Müllmann mit seinen Krallen skalpiert hat, als der ihn bei einem Schläfchen auf dem Deckel einer Werkstofftonne gestört hat. Mrs Carrington ist zu uns rübergekommen, um sich über die Unterlassungsverfügung zu beschweren, und hat versucht, Mums und Dads Unterschrift für eine Petition zu kriegen, damit Dylan seine Freiheit behält. Aber Dad wollte Mum ins Krankenhaus fahren und hat Mrs Carrington erklärt, er habe gerade andere Sorgen.

Als die NASA beschloss, zum Mond zu fliegen, wählte man die härtesten Testpiloten aus, damit sie die Reise auch überlebten. Wenn ich eine Katze für einen Test der Quanten-Bananen-Theorie suchte, dann war Dylan natürlich Kandidat Nummer eins. Das einzige Problem war: Wie sollte ich Dylan in den Karton kriegen?

Auf dem Bücherstapel neben meinem Bett liegt eines meiner absoluten Lieblingsbücher: *Snake Masons Überlebensführer für die Wildnis*. Es ist das Buch zu meiner Lieblingsfernsehsendung – *Überleben in der Wildnis*. Snake Mason ist ein Abenteurer, der um die Welt reist und berühmten Menschen zeigt, wie man in der Wildnis überlebt. Er hat Popsängern beigebracht, wie man mit Krokodilen ringt, er hat mit Erstligafußballern Giftschlangen gefangen und Stars aus Reality Shows vor menschenfressenden Tigern gerettet. Wenn ich Dylan fangen und nachher noch davon erzählen können will, muss ich bei Snake nachschlagen.

Beim Blättern stoße ich auf einen Plan, wie man einen Bengalischen Tiger fängt, indem man eine Fanggrube gräbt. Dazu buddelt man ein tiefes Loch und bedeckt es zur Tarnung mit Zweigen und Blättern. Wenn der Bengalische Tiger dann durch den Dschungel spaziert, tritt er auf die Tarnzweige und stürzt direkt in die Falle. Im Buch behauptet Snake, das sei die beste Methode, eine gefährliche Raubkatze zu fangen.

Also könnte ich im Garten eine Grube graben, sie mit Zweigen und Blättern bedecken und einfach darauf warten, dass Dylan wie üblich über den Rasen stolziert, um ins Blumenbeet zu pinkeln. Dann würde er direkt in meine Falle stürzen. Aber ich glaube nicht, dass mir das gelingen würde, ohne dass Grandad Joe mich bemerkte, und abgesehen davon, Dad würde ausrasten, wenn ich den Rasen umgrabe.

Es ist deshalb der zweite Teil von Snakes Plan, der meine Aufmerksamkeit erregt.

Um den Tiger anzulocken, musst du eine Spur legen. Wildschweine, Ziegen und Rehe können als Lockmittel verwendet werden, um den Tiger in deine Falle zu locken.

Ich glaube kaum, dass es Kitekat mit Wildschweingeschmack gibt, und die einzigen Ziegen und Rehe in der Nähe leben im Wildtierpark in Stormbridge. Aber vielleicht finde ich ja etwas anderes, um Dylan in den Karton zu locken.

Als ich die Treppe runtergehe, höre ich Grandad Joe schnarchen. Ein Blick ins Wohnzimmer überzeugt mich davon, dass er fest schläft, den Mund weit offen, im Fernsehen zeigt Doc Brown gerade Marty McFly seine DeLorean-Zeitmaschine. Nicht nötig, Grandad zu erklären, warum ich heute statt Popcorn Katzenfutter suche.

Von unserem Haustierprojekt in der Schule weiß ich, dass es tonnenweise Futter gibt, das Katzen nicht fressen können. Karamell, Käse, Kaugummi – das sind die Futtermittel, von deren mangelnder Eignung ich weiß, weil Miss Benjamin mich mit der Recherche zum Buchstaben »K« betraut hat. An die anderen kann ich mich nicht erinnern, aber ich will nicht das Risiko eingehen, Dylan zu vergiften. Jedenfalls nicht bevor er meine Quanten-Bananen-Theorie testen konnte.

Hinten im Schrank mit dem Müsli finde ich, wonach ich gesucht habe. Ein Päckchen Glückskatze-Leckerli mit Hühnchen.

Die hat Mum gekauft, als Mrs Carrington uns gebeten hat, auf Dylan aufzupassen, solange sie ihre Schwester in Hull besuchte. Aber dann passierte das mit Hawking, und Mum hat Mrs Carrington erklärt, dass wir unter diesen Umständen doch nicht auf Dylan aufpassen könnten. Mrs Carrington hat Mum daraufhin erklärt, dass ich den Hamster nicht frei im Garten hätte herumlaufen lassen dürfen und Dylan ihn wahrscheinlich für eine Ratte gehalten habe. Danach haben die beiden nicht mehr viel miteinander geredet.

Auf der Packung steht »*Jede Katze wird eine Glückskatze, wenn sie diese besonderen Leckerli bekommt. Einfach die Packung schütteln und schon kommt Ihre Katze angeflitzt!*« Ich hoffe nur, die Leckerlis sind auch lecker genug, Dylan dazu zu bringen, meiner Spur zu folgen.

Zurück in meinem Zimmer überprüfe ich, ob alles an seinem Platz ist. Ich stelle den Karton so, dass die Öffnung zur Tür zeigt – er liegt immer noch auf der Seite, damit Dylan leicht hineinklettern kann. Hinten im Karton ist der Laptop meiner Mum immer noch mit dem Geigerzähler verbunden, davor liegt die Banane. Alles ist bereit – nur ich nicht.

Natürlich werde ich Dylan, den Psychokater, nicht ohne einen Schutz zu fangen versuchen. Als Snake Mason die menschenfressenden Tiger der Sundarbans gefangen hat, trug er einen Schutzanzug in Tarnfarben und einen Helm, auf dessen Rückseite ein Gesicht gemalt war, weil Tiger einen normalerweise ja von hinten angreifen. Ich muss mich mit einem Paar Gartenhandschuhe, meinem alten BMX-Körperschutz, der mir jetzt zwei Nummern zu klein ist, und einer falsch herum aufgesetzten Horrorclown-Halloweenmaske behelfen. Ich sehe lächerlich aus, aber wenn es mich vor Dylan schützt, ist mir das schnuppe.

Mit der Packung Glückskatze-Leckerli in meiner behandschuhten Hand trete ich hinaus in den Garten. Ich bin bereit, meine Spur zu legen.

In meinem Magen blubbern kleine nervöse Blasen, und ich kann nicht verhindern, dass mir ein kleiner Rülpser entschlüpft. Wenn das hier funktioniert, bin ich meiner Mum einen Schritt näher gekommen.

Ich beschließe, das erste Leckerli unten auf den Gartenweg zu legen. Das ist direkt neben dem Schuppen, den mein Dad gern als seine Werkstatt bezeichnet, obwohl er ihn kaum noch betritt, weil er seine ganze Zeit im Labor verbringt. Das ist einer der Plätze, an denen Dylan sich gern in den Blumenbeeten versteckt – und jedem Vogel auflauert, der den Fehler macht, in unserem Garten zu landen.

Doch diesmal deutet nichts darauf hin, dass Dylan im Gebüsch lauert, und das einzige Geräusch, das ich hören kann, ist das Summen einer Biene über den Rosenbüschen. Sei's drum, Snake Mason sagt, dass das gefährlichste Geräusch im Dschungel die Stille ist. Daran erkennt man, dass ein großes Raubtier herumstreift und alle anderen Tiere schnell verduftet sind. Als also auch noch die Biene aufhört zu summen, lässt mich mein sechster Sinn für Gefahr herumwirbeln und ich entdecke Dylan vor dem Schuppen, bereit zum Sprung.

Während ich langsam zurückweiche, erspähen Dylans Augen das erste Glückskatze-Leckerli, das ich auf den Weg gelegt habe. Für mich sieht es ja mehr nach der Hinterlassenschaft einer Katze aus als nach etwas, das sie essen möchte, aber Dylan sieht das offensichtlich anders, bei dem Buckel, den er macht, und wie er sich auf das Leckerli stürzt. In der einen Sekunde ist es noch da, in der nächsten ist es verschwunden.

Dylan leckt sich die Lippen und richtet seine Aufmerksamkeit auf mich. Sein stolzer Gang scheint neuen Schwung zu bekommen, als er sich mir nähert. Unter dem BMX-Körperschutz spüre ich mein Herz klopfen.

»Feines Kätzchen«, sage ich und gehe langsam rückwärts. Ich schütte ein weiteres Leckerli auf meinen Gartenhandschuh. Ein einzelnes Glückskatze-Leckerli wiegt drei Gramm, und dieses Päckchen Glückskatze-Leckerli enthält sechzig Gramm. Das bedeutet, dass ich noch neunzehn Leckerlis habe. Ich habe die Entfernung vom Karton in meinem Zimmer bis zu Dads Schuppen gemessen und bin auf dreißig Meter gekommen. Das bedeutet, dass ich Dylan alle anderthalb Meter ein Leckerli geben kann.

Den Gartenweg entlang, durch die Küche, die Treppen hoch vorbei an Grandad Joes Schnarchern, schütte ich vorsichtig die delikaten Leckerlis aus, Dylan verdrückt jedes mit einem Kieferschnappen. Das Päckchen in meiner Hand wird leichter mit jedem Schritt, den ich mache, und als Dylan den letzten Schritt in mein Zimmer macht, hoffe ich bloß, dass genug Leckerlis übrig sind, um ihn in den Karton zu kriegen.

In dem Karton kann ich den Laptop-Bildschirm leuchten sehen, die blinkenden, verschwimmenden Nullen und Einsen, die den Geigerzähler in ihr Licht tauchen. Noch immer kein klickendes Geräusch, das mir sagt, dass die Banane radioaktiv wird. Ich kippe ein Leckerli in meine Hand. Es sind nur noch zwei übrig.

Dylan bleibt wie angewurzelt stehen, die Nackenhaare sträuben sich, als hinter seinem Schwanz die Tür zuschlägt.

Jetzt bin ich mit einem psychopathischen Kater in meinem Zimmer eingesperrt. Ich öffne meine zitternde Hand und zeige Dylan die letzten Leckerlis, dann schleudere ich sie mit einer Drehung des Handgelenks in den offenen Karton.

Dylan lässt sich nicht zweimal bitten. Wie ein pelziger Blitz fährt er in den Karton. Schnell mache ich die Klappe zu und drücke mein Gewicht gegen den Deckel, während ich mich auf die unvermeidliche Katzenexplosion vorbereite, wenn Dylan klar wird, dass er in der Falle sitzt.

Aus dem Karton höre ich das schwache Klicken des Geigerzählers, gefolgt von einem verwirrten Miauen. Dann plötzlich verstummt dieses Miauen, so als würde eine Katze aus der Druckschleuse eines Raumschiffs geschoben.

Ich warte einen Moment und versuche herauszufinden, ob Dylan einfach einen Frosch (oder einen Hamster) im Hals hat. Vielleicht stellt er sich im Versuch, mich zu überlisten, auch tot, damit ich den Karton öffne. Aber die Sekunden vergehen, und ich höre keinen Ton aus dem Karton. Nicht einmal das schwache Klicken des Geigerzählers.

Angespannt öffne ich langsam den Deckel und warte darauf, dass Dylan mit den Krallen voran rausspringt. Aber ich sehe nur den Laptop, die Banane und den Geigerzähler. Da ist kein Kater. Dylan ist verschwunden.

Mein Hirn versucht zu ergründen, was genau das bedeutet. Als Schrödinger seine Katze mit einem Klumpen radioaktivem Uran und einer Flasche Gift in eine Kiste gesteckt hat, wusste er, dass Tiddles am Ende entweder tot oder lebendig sein würde – oder beides gleichzeitig. Aber sollte Dylan nicht von einer radioaktiven Banane verdampft worden sein, gibt es nur eine Erklärung für das, was hier passiert ist. Die Quanten-Bananen-Theorie funktioniert, und Dylan ist jetzt in einem Paralleluniversum.

Ich starre in den Karton, die Nullen und Einsen scrollen immer noch über den Bildschirm des Laptops. Mein Kopf summt vor Aufregung. Das ist kein Karton mehr – das ist eine Tür zu einer anderen Dimension. Und auf der anderen Seite der Tür könnte meine Mum auf mich warten.

Ich habe keine Zeit zu verlieren. Ich muss das Experiment noch einmal durchführen – diesmal mit mir als Versuchskaninchen. Ich klettere in den Karton und ziehe die Knie an die Brust, damit ich hineinpasse. Es ist eng, aber irgendwie klappt es. Ich schließe den Deckel. Jetzt muss ich nur noch darauf warten, dass die Banane radioaktive Gammastrahlen ausstößt, und dann wird das Universum in zwei geteilt.

Mein Magen grummelt wie die Tardis-Zeitmaschine aus *Doctor Who*. Das müssen meine Nerven sein, vielleicht hätte ich auch das Mittagessen nicht auslassen sollen. Im Licht des Laptop-Monitors kann ich die an den Geigerzähler gelehnte Banane erkennen, aber obwohl mein Magen immer noch rumort, halte ich es für keine gute Idee, einen Teil des Experiments zu essen.

Ich fühle mich wie ein Astronaut in einer Rakete, wenn der Countdown losgeht. Das Adrenalin rauscht durch mich hindurch, aber ich muss stillhalten.

Unten schläft Grandad Joe wahrscheinlich immer noch bei *Zurück in die Zukunft*, während Dad in seinem unterirdischen Labor so tut, als sei alles okay, solange er nur die Geheimnisse des Universums zu lösen versucht. Und ich?

Ich tue es tatsächlich. Ich finde meine Mum wieder.

In diesem Moment höre ich das klickende Geräusch – das verräterische Geräusch des Geigerzählers, das mir sagt, dass ein radioaktives Teilchen der Banane gerade zerfallen ist.

Ich verkrampfe mich, während ich darauf warte, dass das Universum in zwei Teile geteilt wird. Ich habe haufenweise Science-Fiction-Filme gesehen, also erwarte ich, dass der Karton mit aufblitzenden Lichtern und einigen ernsthaft beeindruckenden Spezialeffekten wackelnd in tausend Teile zerfällt, aber alles, was ich kriege, ist ein Piepen vom Laptop meiner Mum und dann hört das Klicken auf.

Das war's?

Nervös drücke ich den Karton auf und sehe hinaus. Ich kann immer noch mein Teleskop sehen, das zur Dachluke zeigt, überall auf dem Fußboden Bücherstapel, Comics und Pappkartons. Mit bangem Herzen klettere ich aus dem Karton.

Nichts hat sich verändert. Da sind mein Tisch und mein Drehstuhl, die Karte des Sonnensystems hängt immer noch über meinem Bett. Es hat nicht funktioniert.

Ich spüre, wie mir die Tränen in die Augen treten. Dad hat sich geirrt. Quantenphysik ist ein Haufen Mist. Es gibt keine

Paralleluniversen. Man hat nur eine Welt. Man hat nur eine Mum. Und ich werde meine nie wiedersehen.

Wütend reibe ich mir die Augen, und da bemerke ich, dass etwas nicht stimmt.

Auf dem Plakat des Sonnensystems über meinem Bett müssten acht Planeten von links nach rechts aufgereiht sein: Merkur, Venus, Erde, Mars, Jupiter, Saturn, Uranus und Neptun. Aber auf diesem Plakat scheinen es neun zu sein.

Ich schüttele den Kopf und gehe davon aus, dass ich mir die Augen ein bisschen zu fest gerieben habe, aber als ich nochmal hinsehe, ist da immer noch ein brandneuer Planet zwischen Jupiter und Mars.

Ungläubig starre ich das Plakat an und versuche mir einen Reim darauf zu machen. Statt des Asteroidengürtels hängt da ein hellvioletter Planet im Raum, wo kein Planet sein sollte. Die Bildunterschrift auf dem Plakat nennt mir seinen Namen. Ceres.

Als ich begreife, was das bedeutet, kriege ich das Grinsen nicht mehr aus dem Gesicht. In Dads Buch steht, dass es in einem Paralleluniversum nur eine winzig kleine Veränderung geben kann. Na ja, ich schätze mal, dass ein brandneuer Planet im Sonnensystem eine ziemlich große ist. Die Quanten-Bananen-Theorie funktioniert tatsächlich. Ich muss mich in einem Paralleluniversum befinden.

»Was zum ...«

Das Geräusch meiner eigenen Stimme lässt mich herumwirbeln. Vor mir steht – nun ja, ich selbst. Das gleiche Gesicht, das gleiche Haar, die gleiche Schuluniform. Es ist, als würde man in den Spiegel schauen, nur dass dieser Albie keinen BMX-Körperschutz, keine Gartenhandschuhe und keine verkehrt herum aufgesetzte Horrorclown-Halloweenmaske trägt.

Ich mache den Mund auf, um zu erklären, wer ich bin, wie ich aus einem Paralleluniversum gekommen bin und dass alles gut wird. Aber genau in diesem Moment versetzt mir der andere Albie einen Schlag ins Gesicht.

7.

Sir Isaac Newton hat die Schwerkraft erfunden. Gut, er hat sie nicht erfunden, aber er hat sie definitiv entdeckt. In der einen Minute saß er unter einem Baum und kümmerte sich um seinen eigenen Kram, und in der nächsten Minute fällt ein Apfel herunter und knallt ihm auf den Kopf. Die meisten normalen Menschen würden denken »Autsch!« oder »Warum musste ich mich nur unter diesen blöden Baum setzen?«. Aber Sir Isaac Newton war Wissenschaftler und fragte sich stattdessen, warum Äpfel immer nach unten, niemals aber nach oben fallen.

Newton fand heraus, dass die Schwerkraft der Grund dafür war, und er entwickelte seine drei Gesetze der Bewegung, um wissenschaftlich zu beschreiben, wie Dinge sich bewegen. Newtons Drittes Gesetz der Bewegung besagt, dass es für jede Kraft eine gleich große, aber entgegen gerichtete Kraft gibt. Wenn dieser Albie aus dem Alternativ-Universum einen Treffer in meinem Gesicht landet, lande ich am Ende auf dem Boden.

Es ist nicht so, dass er mich mit einem einzigen Treffer k.o. schlägt. Doch vor lauter Überraschung, ins Gesicht geschlagen zu werden, weiche ich zurück, stolpere über einen Stapel Comics, knalle mit dem Kopf gegen die Tischkante und verliere das Bewusstsein.

Als ich wieder die Augen öffne, stelle ich fest, dass mich mein böser Zwilling aus dem Paralleluniversum, der sich jetzt mit einem Zirkelset in der Hand über mich beugt, mit Klebeband an einen Drehstuhl gefesselt hat. Und sein Gesichtsausdruck lässt darauf schließen, dass er das Zirkelset nicht mathematisch anzuwenden gedenkt.

»Was machst du in meinem Zimmer?«, sagt er und sticht drohend mit dem Zirkel in meine Richtung.

Ich versuche zu erklären, dass ich mit einem Quantencomputer, einem Geigerzähler und einer Banane in einem Karton aus einem anderen Universum gekommen bin. Dass ich auf der Suche nach meiner Mum bin, um alles wieder in Ordnung zu bringen. Ich möchte ihn sogar fragen, ob er den Kater unserer Nachbarin gesehen hat, aber mit dem Klebeband über dem Mund klingt das alles mehr nach »mff-SMURGEL-FLURGEL-GURGEL-mff!«.

So wie mein Mund sind auch meine Arme und Beine in Klebeband eingewickelt und fesseln mich an den Stuhl. Ich versuche, mich zu befreien, aber dadurch dreht sich nur der Stuhl, und am Ende kippe ich zur Seite. Dieser andere Albie beugt sich vor, die Spitze seines Zirkels ist jetzt gefährlich nah an einigen meiner lebenswichtigen Organe sowie an ein paar anderen, die wahrscheinlich nicht ganz so lebenswichtig sind, an denen ich aber doch irgendwie hänge. Mein Herz schlägt schneller, als ein Atom durch den Großen Hadronen-Speicherring schwirrt. Okay, vielleicht nicht ganz so schnell, weil das mit einem schweren Herzinfarkt enden würde, aber doch schnell genug, um deutlich zu machen, dass die ganze Situation mich völlig aus der Bahn geworfen hat.

Nicht weil ich Angst hätte, obwohl der Zirkel mich ganz schön auf Trab hält. Es ist nur der absolute Irrsinn, wie mein eigenes Gesicht auf mich herabstarrt. Man könnte einwenden, dass man sein Gesicht ja jeden Tag im Spiegel sieht, aber man sieht sein Gesicht nie so wie alle anderen. Das Gesicht, das man im Spiel sieht, ist seitenverkehrt. Wenn man auf der rechten Wange einen Fleck hat, sieht es im Spiegel so aus, als wäre er auf der linken. Probiert es aus – haltet dieses Buch vor einen Spiegel, und ihr werdet sehen, dass die Wörter auf der Seite falsch herum sind. Das war also das erste Mal, dass ich Gelegenheit hatte zu sehen, wie ich *wirklich* aussehe. Und um ehrlich zu sein, die Wahrheit ist ganz schön beängstigend.

Dieser Albie aus dem Paralleluniversum – ich nenne ihn der Einfachheit halber den bösen Albie – hat die gleichen grünen Augen, das gleiche dunkelbraune Haar, den gleichen Mund und die gleiche Nase und das gleiche Muttermal auf der Wange wie ich. Ich kann sogar die Teile meines Gesichts sehen, die man im Spiegel nie richtig erkennen kann – wie das Innere meines Ohrs und die Stelle unter meinem Kinn. All diese Züge sind in genau der gleichen Art und Weise zusammengesetzt wie bei mir, aber dieser Albie sieht trotzdem anders aus als ich. Er sieht gemein aus.

»Ich weiß, was du bist«, zischt der böse Albie und reißt mir das Tape vom Mund. »Du bist ein Klon.«

»Au!«

Ich sollte das gleich richtigstellen, bin aber zu sehr damit beschäftigt, zu überprüfen, ob er mir mit dem Klebeband nicht auch das halbe Gesicht abgerissen hat.

»Das ist also das geheime Experiment, an dem Dad das letzte Jahr gearbeitet hat?«, sagt er. »Die ganze Zeit hat er behauptet, an der Perfektionierung der Kalten Fusion zu arbeiten, dabei hat er in Wahrheit einen Klon von mir erschaffen.«

Während der böse Albie in mein Ohr brabbelt, geht mein Magen in den Sturzflug – eine verspätete Reaktion darauf, in ein Paralleluniversum gereist zu sein, nehme ich an – und ich kotze über den ganzen Fußboden.

»Bah, nein! Nicht auf meine X-Men-Comics.«

Dass ich mich auf seine Comic-Sammlung erbreche, bringt den bösen Albie glücklicherweise dazu, den Rest des Klebebands, das mich gefangen hält, zu lösen. Nachdem er das Erbrochene mit einem Handtuch aufgewischt hat, setzt er sich auf meine Bettkante – ich meine, seine Bettkante – und starrt mich an.

»Du musst nicht noch mal kotzen, oder?«, fragt er. »Das müssen die Nebenwirkungen dieser ganzen Klonmedikamente sein, die Dad dir gegeben hat.«

Mir geht es immer noch ziemlich übel, aber es gelingt mir, den Kopf zu schütteln.

»Ich bin kein Klon«, erkläre ich ihm.

Der böse Albie lacht säuerlich.

»Natürlich bist du das. Sieh dich doch an.«

In meinem Zimmer hängt ein Spiegel an der Wand, und als ich aufsehe, stelle ich fest, dass es den Spiegel auch in diesem Universum gibt. Er zeigt mich und den anderen Albie neben mir – ein Spiegelbild im Spiegelbild.

»Also, was ist Dads Plan?«, fragt der böse Albie. »Eine neue glückliche Familie ohne mein wahres Ich? Sollst du mich kidnappen, meinen Platz einnehmen und den perfekten Sohn spielen? Mache ich ihm zu viel Ärger, jetzt, wo er der Super-Wissenschaftler auf jedem Bildschirm ist? Reicht es ihm nicht, dass ich in diesem dämlichen Kaff festsitze, während er ins Weiße Haus jettet? Ich weiß schon, als ich das letzte Mal nachsitzen musste, hat Dad gesagt, das sei die letzte Warnung, aber ich hätte echt nicht gedacht, dass er mich durch einen programmierten Klon ersetzen würde.«

Mir schwirrt der Kopf, als der böse Albie mir seine irrsinnige Theorie eröffnet. Ich mag in einem Paralleluniversum sein, aber es klingt nicht so, als hätte sich für meinen Super-Wissenschaftler-Dad viel geändert. Nur was soll der ganze Unsinn von wegen Kidnappen und Klone …

Moment mal. Hat er gerade »Weißes Haus« gesagt?

»Was meinst du damit, das Weiße Haus?«

»Aaah!« Der böse Albie verzieht das Gesicht, als spräche er mit dem dümmsten Menschen im Universum. »Haben die Klonmedikamente dir auch das Hirn weichgekocht? Da wohnt der Präsident der Vereinigten Staaten.« Er zieht sein Handy raus und wischt über das Display. »Sieh her. Den Tweet hat mein Dad vor ein paar Stunden abgesetzt.«

Ich sehe auf das Bild von Dads Gesicht, das mich aus seinem Twitterprofil anstarrt.

@DrBenBright
Physiker. Philantrop. Vater.
Erfinder der Kalten Fusion. Trinker von heißem Kaffee.
TWEETS 4572
FOLGE ICH 314
FOLLOWERS 61.3M
FAVORITEN 37

Mein böser Zwilling tippt auf Dads letzten Tweet, der herauszoomt und das Display des Smartphones ausfüllt.

Ben Bright @DrBenBright 2 Std.

Toll, Präsident Cruise zu treffen und den Bau der nächsten Welle von KaltFusions-Reaktoren in den USA zu verkünden! #CEBFoundation

Unter diesem Tweet ist ein Foto von meinem Dad im Oval Office des Weißen Hauses, dem Büro des Präsidenten der Vereinigten Staaten. Er schüttelt jemandem die Hand, der wie ein Hollywoodstar aussieht, sein breites Lächeln blendet die Kamera, während mein Dad so dämlich grinst, als könne er nicht fassen, wem er da die Hand schüttelt. Ich fasse es auch nicht.

In seiner Sendung begrüßt Dad normalerweise Popstars

und Prominente – ihr wisst schon, aufdringliche Stand-up-Komiker in Anzügen aus Mentos, die man in Cola-Tanks getaucht hat. Aber auf diesem Bild aus dieser Parallelwelt schüttelt er dem Präsidenten der Vereinigten Staaten die Hand.

Ich schaue zum bösen Albie auf, der das Foto wegwischt. Langsam begreife ich, dass ein brandneuer Planet zwischen Jupiter und Mars nicht der einzige Unterschied zwischen seinem und meinem Universum ist. In seinem Universum steht in Dads Twitterprofil, dass er der Erfinder der Kalten Fusion ist, aber ich habe keinen blassen Schimmer, was das bedeutet.

»Was ist Kalte Fusion?«

Die Gesichtszüge des bösen Albies verhärten sich zu einem Stirnrunzeln.

»Weißt du denn gar nichts, Klon-Junge?«, höhnt er. »Du wirst niemandem vormachen, dass du ich bist, wenn du nicht mal so was Simples weißt. Kalte Fusion ist die geniale Erfindung meines Dads, die ihn zum Milliardär gemacht hat. Nuklearenergie aus einem Fusionsgenerator von der Größe eines Mikrowellenherds. Die Kraft der Sterne in jedem Haus und jedem Geschäft auf der Welt – sicher, kalt und sauber. Keine Erderwärmung mehr, kein Nahrungsmangel mehr, keine Armut. Unbegrenzte Energie, die hilft, jedes Problem, das es je auf der Welt gegeben hat, zu lösen. Alles für umsonst von der beknackten Stiftung meines Dads – der C.E.B. Foundation.«

Der Albie dieses Alternativuniversums ärgert mich allmählich. Mein Dad mag in dieser Parallelwelt ein wissenschaftliches Genie sein, aber warum bin ich so ein Idiot? Ich versuche ruhig zu bleiben. Ich bin nicht hergekommen, um mit mir selbst zu streiten. Ich bin hergekommen, um meine Mum zu finden.

»Und was hält Mum von alldem?«, frage ich und versuche den Sarkasmus in meiner Stimme zu unterdrücken. »Sie wird doch sicher auch eine Meinung haben, wenn sie herausfindet, dass Dad dich gegen einen Klon austauschen will.«

Der böse Albie starrt mich an, als hätte ich ihn gerade gebeten, in ein Schwarzes Loch zu hüpfen. »Meine Mum ist tot.« Er spuckt jedes einzelne Wort aus, sein Gesicht ist rot vor Wut. »Sie ist an Krebs gestorben, als ich ein Baby war.«

Mir scheint das Herz in der Brust zu gefrieren. Nein. Sie kann nicht tot sein. Nicht hier. Dad hat gesagt, dass die Quantenphysik beweist, dass Mum in einem Paralleluniversum immer noch lebt. Aber das stimmt nicht.

»Wahrscheinlich hast du ihren Namen auf die Fußsohle gestempelt«, sagt er und starrt mich noch immer hasserfüllt an. »Die Charlotte Elizabeth Bright Foundation ist für alle Erfindungen meines Dads zuständig – von Kalter Fusion bis zu Klonen. Er hat gesagt, dass er die Stiftung nach ihr benennt, um die Erinnerung an sie zu bewahren, aber er kann es kaum abwarten, mich zu vergessen. Du bist der Beweis.«

Ich schaue zu dem Plakat über dem Kopf des bösen Albies auf und starre ausdruckslos in den Weltraum. Der hellviolette Planet zwischen Jupiter und Mars verschwimmt, als mir die Tränen übers Gesicht laufen. In einem Paralleluniversum kann es einen winzigen Unterschied geben, hat Dad gesagt, und in diesem Universum habe ich den falschen abgekriegt.

Das Schwarze Loch in meinem Herzen schmerzt noch heftiger. Wenn ich einen Todesstern hätte, würde ich diesen brandneuen Planeten in Fetzen bomben. Aber tief in mir weiß ich, dass das Mum auch nicht zurückbringen würde.

Wütend wische ich mir über die Augen. Es ist, als hätte ich sie noch einmal verloren, aber dieser andere Albie scheint sich dafür nicht mal zu interessieren. Hinter ihm liegt mein Karton immer noch auf der Seite. In der Dunkelheit darin endlose Reihen von Nullen und Einsen auf dem Bildschirm von Mums Laptop. Er ist immer noch mit dem Geigerzähler verbunden, neben dem die Banane liegt, bereit, wieder radioaktiv zu werden. Ich muss nur warten, bis mir der böse Albie den Rücken zudreht, und dann kann ich in die Kiste kriechen und aus diesem blöden Paralleluniversum verschwinden.

Aber er starrt mich immer noch an, auf seinem Gesicht breitet sich langsam ein fieses Grinsen aus.

Plötzlich fühle ich mich, als wäre ich in einem dieser Trickfilme, in denen Bugs Bunny und Daffy Duck am Verhungern sind und Bugs sich einbildet, Daffy hätte sich in einen riesigen Hot Dog verwandelt. Jedenfalls sieht der böse Albie mich jetzt genau so an.

»Was?«, frage ich ihn und versuche mir auszurechnen, wie schnell ich in den Karton komme.

»Wenn mein Dad einen Klon geschaffen hat, damit ich nicht aus der Reihe tanze, dann fängst du besser damit an, dir deinen Lebensunterhalt zu verdienen«, sagt er. »Wenn er will, dass ich mich in der Schule benehme, dann kannst du für mich in die Schule gehen.«

Ungläubig starre ich ihn an. Auf gar keinen Fall. Ich bin nicht in ein Paralleluniversum gereist, nur um wieder zur Schule zu gehen. Ich werfe noch mal einen Blick auf den Karton und versuche abzuschätzen, ob mich ein Sprung an meinem bösen Zwilling vorbei retten könnte. Mir bleibt nicht mal genug Zeit für einen Wimpernschlag.

»Ich kann nicht«, sage ich. »Ich kann nicht für dich zur Schule gehen.« Ich rede einfach los, während mein Hirn noch mühsam nach Ausreden sucht. »Es ist, wie du gesagt hast, ich weiß gar nichts. Wie soll ich irgendjemanden davon überzeugen, dass ich du bin?«

»Du bist ein Klon«, sagt der böse Albie mit einem drohenden Unterton. »Und das ist es, was Klone tun – vorgeben jemand zu sein, der sie nicht sind. Wenn Dad einen perfekten Sohn haben will, dann kannst du den Klassenbesten geben. Und ich bleibe hier und lasse es ruhig angehen.«

Er nimmt den Zirkel vom Tisch und wedelt damit in meine Richtung.

»Immerhin bist du für die Rolle schon angezogen – wenn du erst diese dämliche Maske und den Körperschutz ausgezogen hast. Ich dachte, Dad hätte den letztes Jahr weggeworfen, als er mein BMX gegen ein Hoverboard getauscht hat.«

Ich öffne den Mund, um zu protestieren, schließe ihn dann aber schnell wieder, weil der böse Albie die Zirkelspitze gegen meine BMX-Weste drückt.

»Mal sehen, wie es dir gefällt, ich zu sein, Klon-Junge.«

8.

Ich stapfe zur Schule und achte darauf, auf jeden Riss im Asphalt zu treten. Auf dem Rücken trage ich den Rucksack des bösen Albie, den er mir in die Hand gedrückt hat, während er mich mit der Zirkelspitze aus dem Haus gezwungen hat. In meinem Kopf tobt ein Strudel aus Flüchen, von denen jeder einzelne Grund genug wäre, mich von der Schule zu schmeißen.

Während ich mich umsehe, überlege ich, wie ich in diesen Albtraum geraten bin. Die Straßen sehen alle gleich aus. Die Häuser sehen alle gleich aus. Jedes Auto ist an der gleichen Stelle geparkt, genau so wie ich es von meinem täglichen Schulweg kenne. Am Ende der Sharman Street biege ich links ab, laufe den Appleton Drive runter, bevor ich rechts in die Priestley Avenue abbiege, wo mich auf der anderen Straßenseite die Tore der Clackthorpe Primary School erwarten.

Alles ist das Gleiche. Jedes einzelne Ding. Und meine Mum ist in diesem dämlichen Universum immer noch tot.

Erst als ich die Straße überqueren will, bemerke ich den ersten großen Unterschied. Ich fahre vor Schreck fast aus der Haut, als ich plötzlich Bremsen quietschen und das Plärren einer Hupe höre.

»Dämliches Blag! Was machst du da eigentlich?«

Während mir das Herz bis zum Hals klopft, drehe ich den Kopf nach links und sehe einen wütenden Mann, der sich aus dem Fenster seines weißen Vans lehnt.

»Bringen sie euch in eurer Schule nicht bei, wie man eine Straße überquert? Ich hätte dich fast überfahren.«

Ich bin völlig verwirrt. Ich hatte nach rechts, dann nach links, dann wieder nach rechts geguckt, aber dieser Van war aus dem Nichts gekommen und fuhr auf der falschen Straßenseite.

»Aber – aber –«

Aber bevor ich nur anfangen kann zu protestieren, sehe ich einen weiteren Wagen hinter dem Van halten, dann zischt auf der anderen Seite ein Motorroller vorbei. Von links nach rechts, von rechts nach links – sie fahren alle auf der falschen Straßenseite.

Verwirrt schüttele ich den Kopf und versuche mir zu erklären, warum plötzlich alle in Clackthorpe vergessen haben, wie man fährt. Dann erinnere ich mich daran, was in Dads Buch gestanden hat. *Eine winzige Veränderung ...*

Natürlich! In diesem Paralleluniversum müssen die Leute auf der anderen Seite fahren. Deshalb habe ich den Van erst gesehen, als er mich fast gerammt hat.

Als der Wagen dahinter hupt, hebe ich entschuldigend die

Hand, dann achte ich darauf, nach beiden Seiten zu sehen, bevor ich die Straße überquere und mich in Sicherheit bringe.

»Das nächste Mal hast du nicht den Kopf in den Wolken, wenn du die Straße überquerst«, ruft mir der Mann im weißen Van noch nach, bevor er wieder Gas gibt. »Du bist nicht allein auf diesem Planeten Erde, denk dran.«

Ich renne über den leeren Schulhof und wüsste zu gern, von welcher Erde er spricht.

Als ich die Tür zum Klassenzimmer öffne, wird mir klar, dass ich zu spät dran bin – mal wieder. Die anderen Schüler sitzen an ihren Tischen, während Miss Benjamin die Anwesenheit kontrolliert.

»Kiran.«

»Ja, Miss.«

»Olivia?«

»Hier, Miss.«

Nervös sehe ich mich um – suche nach winzigen Veränderungen in den Gesichtern. Alle sehen genauso aus wie immer. Ich versuche Kirans Aufmerksamkeit auf mich zu ziehen. Er sitzt an unserem üblichen Tisch vorn in der Klasse, aber er sieht einfach durch mich hindurch.

»Albie?«, ruft Miss Benjamin.

»Hier, Miss«, antworte ich automatisch, und als sie sich zu mir umdreht, erlebe ich die nächste Überraschung.

Sie ist alt. Ich meine, steinalt. In meinem Universum ist sie schon nicht mehr die Jüngste – sie muss mindestens fünfundzwanzig oder sechsundzwanzig sein. Aber in diesem Paralleluniversum hat sie Falten um die Augen, und unter ihrem gefärbten blonden Deckhaar erspähe ich ein graues Nest. Sie sieht eher nach Pflegestufe als nach EKL aus.

»Du bist zu spät, Albie«, sagt sie und tippt ungeduldig auf ihre Uhr. »Wieder mal.«

Ungläubig starre ich Miss Benjamin an. Wie kann es sein, dass alle in meiner Klasse aussehen wie immer, aber meine Lehrerin, als wäre sie von einer Zeitmaschine überfahren worden?

»Steh nicht einfach da rum, Albie«, seufzt sie. »Was in aller Welt ist nur los mit dir?«

Die Worte schlüpfen aus meinem Mund, bevor mein Hirn eine Chance hat, sie abzufangen.

»Sie sind so alt, Miss.«

Das sagt man nicht. Als eine Welle des Gelächters durch den Klassenraum schwappt, fängt Miss Benjamins linkes Augen samt Krähenfüßen zu zucken an.

»Setz dich, Albie«, fährt sie mich an. »Sonst arbeitest du im Büro des Schuldirektors, während der Rest der Klasse mit mir einen Ausflug ins Museum macht.«

Meine Wangen sind rot vor Scham und trotzdem wird mir schwer ums Herz. Meine Lehrerin mag vergreist sein, es mag einen brandneuen Planeten zwischen Jupiter und Mars geben, aber es sieht ganz so aus, als wäre ein Besuch im Museum für Naturgeschichte und Mechanische Wunder noch immer der einzige Ausflug, den die sechste Klasse unternimmt.

Ich senke den Kopf, während Miss Benjamin den nächsten Namen im Klassenbuch aufruft. Ich gehe zu meinem üblichen

Platz rechts neben Kiran. Doch als ich mich hinsetze, starrt Kiran mich an, als hätte ich zwei Köpfe oder so was.

»Was machst du da?«, zischt er.

»Was glaubst du wohl?«, flüstere ich und dämpfe meine Stimme, um mir nicht noch einen Anpfiff von Miss Benjamin einzuhandeln. »Ich bin's – Albie.«

»Du weißt, dass du nicht neben mir sitzen darfst«, sagt Kiran und zieht die Stirn derart in Falten, dass er Miss Benjamins Furchen Konkurrenz machen könnte. »Es steht in deinem Verhaltensvertrag.«

Zu Beginn jedes Schuljahrs gibt Miss Benjamin jedem von uns einen Verhaltensvertrag. Darin steht, an welche Regeln wir uns auf ihren Wunsch halten sollen – Sachen wie nicht dazwischenrufen, nicht quatschen, wenn die Lehrerin spricht, keinen Lärm machen. Die meisten kriegen zwei, drei Regeln, an die sie sich halten sollen, obwohl Wesley McNamaras Verhaltensvertrag vier A4-Seiten lang ist. Ich kapiere aber nicht, warum in dem vom bösen Albie steht, dass ich nicht neben meinem besten Freund sitzen darf.

Mein ganzer Frust wegen allem, was falsch gelaufen ist, seit ich aus dem Karton in dieses dämliche Universum geklettert bin, macht sich auf einmal Luft.

»Das ist albern«, sage ich zu Kiran, während Miss Benjamin mit der Anwesenheitskontrolle fortfährt. »Warum will sie nicht, dass wir nebeneinandersitzen?«

»Weil ich sie darum gebeten habe«, fährt mein bester Freund mich an. »Du hast Mr Sniffles aus dem Käfig gelassen, und mir hat man die Schuld gegeben, dass er aus dem Fenster gesprungen ist und diese irre Katze ihn aufgefressen hat. Wie aus dem Nichts ist die aufgetaucht. Und ich musste nachsitzen.«

Moment mal! Das ist nicht wahr. Es war Wesley NcNamara, der Mr Sniffles aus dem Käfig gelassen hat – nicht ich. Und Miss Benjamin hat den Hamster aufgehalten, bevor er aus dem Fenster springen konnte. Außer dass es in diesem Universum nicht Wesley, sondern der böse Albie gewesen sein musste.

»Und wenn du nicht gewesen wärst, hätte ich beim Wissenschaftsprojekt den ersten Preis gewonnen«, sagt Kiran mit finsterem Blick, »aber du hast es ja lustig gefunden, meine Ballons platzen zu lassen, bevor ich mit meiner Weltraummission auch nur beginnen konnte.«

Ich schüttele den Kopf. So was würde ich nicht machen – nicht bei meinem besten Freund.

»Und jetzt willst du mich an diesem verrückten Plan beteiligen, nur damit du jemandem die Schuld geben kannst, wenn alles schiefgeht.«

»Ich habe keine Ahnung, was du meinst.« Mit jedem Wort von Kiran werde ich noch verwirrter. »Was für ein verrückter Plan?«

Kiran sieht mich an, als hätte ich in der Internationalen Raumstation einen fahren lassen.

»Lass mich einfach in Ruhe, Albie«, zischt er. »Ich will nicht mehr mit dir befreundet sein.«

Kiran ist mein bester Freund in der sechsten Klasse. Er ist mein einziger Freund in der sechsten Klasse. Oder zumindest war er das, in einem anderen Universum. Kaum denke ich, dass es nicht noch schlimmer kommen kann, überzeugt mich dieses Paralleluniversum mal wieder vom Gegenteil.

Als ich klein war, sind Mum und Dad mit mir in einen Vergnügungspark in Genf gegangen. Wir hatten viel Spaß mit dem Autoscooter, den Piratenschiffen und sogar der Geisterbahn, aber als ich mich im Spiegelkabinett verirrt hatte, ist alles schiefgelaufen. In dem einen Moment waren Mum und ich zusammen und lachten über unsere Spiegelbilder, dann lief ich vor, um zu sehen, was sich hinter der nächsten Ecke verbarg, und als ich mich wieder umdrehte, war sie weg. Alles, was ich sehen konnte, waren unzählige Kopien von mir selbst.

Alles war verzerrt. Nichts sah richtig aus. Mein eigenes Gesicht entstellt zu etwas Entsetzlichem, das ich nicht mal wiedererkannte. Es kann keine Minute gedauert haben, bis Mum mich gefunden hatte, aber ich werde nie vergessen, was für eine Angst ich hatte.

Genauso fühle ich mich jetzt. Alles ist verzerrt und verkehrt. Ich erkenne den Albie Bright in diesem Universum nicht. Was ist passiert, dass er ein solcher Idiot geworden war?

Dann fällt mir ein, dass er seine Mum verloren hat. Genau wie ich, aber der böse Albie hat sie verloren, als er ein Baby war. Hat ihn das innerlich verdreht? Und wenn ja, heißt das dann, dass ich jetzt auch so ein Idiot werde?

Ich möchte nur noch in den Karton in meinem Zimmer kriechen. Ich hoffe bloß, dass die Quanten-Bananen-Theorie mich auch von hier fortbringt. Aber die Chance ist einstweilen ohnehin vertan, weil Miss Benjamin gerade das Klassenbuch zuschlägt und meine Aufmerksamkeit auf ein aktuelleres Problem richtet.

»Also gut, wir gehen jetzt ins Museum, und ich möchte, dass ihr euch alle von eurer besten Seite zeigt.« Ihr linkes Auge zuckt, als ihr Blick durch das Klassenzimmer wandert und ihre überraschenden Falten sich zu einem Stirnrunzeln zusammenziehen, sobald dieser Blick mich trifft. »Und das gilt auch für dich, Albie Bright. Jetzt stellt euch ordentlich in einer Reihe auf, und dann machen wir uns auf den Weg.«

Wann immer Miss Benjamin einen Ausflug mit uns macht, lässt sie uns im Krokodilgang gehen. Das heißt nicht, dass sie uns mit ihren gestaltwandlerischen, überirdischen Kräften in ein großes schuppiges amphibisches Reptil mit extragroßen Zähnen verwandelt – auch wenn Wesley McNamara wahrscheinlich ziemlich beeindruckt wäre, wenn sie das täte. Wenn wir im Krokodilgang gehen, läuft Miss Benjamin vorneweg, und wir müssen ihr paarweise mit unserem Krokodilkumpel folgen.

Normalerweise ist Kiran mein Krokodilkumpel, also bin ich ziemlich ratlos, als er sich auf dem Schulhof mit Timothy Chase in die Reihe stellt. Als Miss Benjamin die Reihe abgeht und das Krokodil überprüft, scheinen alle bereits einen Partner gefunden zu haben. Ich gerate schon in Panik, am Ende mit meiner uralten Lehrerin Händchen halten zu müssen, als wie aus dem Nichts Victoria Barnes auftaucht und mich unterhakt.

»Auf der Suche nach einem neuen Krokodilkumpel?«, fragt sie und wirft sich das lange blonde Haar wie ein Supermodel über die Schulter. »Oder ist mein Freund zu cool, um mit mir zum Museum seines Dads zu gehen?«

Mir klappt die Kinnlade runter, ich kriege kein Wort raus. Was daran liegt, dass sich mein Hirn gerade im Schleudergang befindet und mir sämtliche Gedanken in rasendem Tempo durch den Kopf schwappen. Das beliebteste Mädchen der Schule hat mir gerade gesagt, dass ich ihr Freund bin. Was für ein neue Verrücktheit ist das schon wieder?

Mein schlecht funktionierendes Gehirn sendet eine Nachricht an meinen Mund, und ich wiederhole Victorias Worte wahllos wie ein Drucker mit Systemfehler.

»Freund – gehen – Museum.«

Ich werde knallrot, als mir klar wird, wie dämlich das klingt, aber Victoria lacht, als wäre es ein Insiderwitz.

»Ich Freund. Ich gehen«, sagt sie und klingt wie ein Höhlenmensch im Comic. »Du bist so witzig, Albie.« Dann drückt sie sanft meine Hand.

Ich werde noch röter. Ich glaube, es wäre mir lieber, sie würde mich Vollpfosten nennen.

Am Anfang der Reihe gibt Miss Benjamin das Kommando zum Aufbruch.

»Also, Klasse 6 – folgt mir, und vergesst nicht, die Verkehrsregeln zu beachten.«

Miss Benjamin schwenkt nach rechts, das Krokodil im Schlepptau. Andere Schulen besuchen das Naturhistorische Museum in London oder fahren nach Manchester, um da ins Museum für Wissenschaft und Industrie zu gehen, aber Klasse 6 marschiert einfach die Straße runter.

Aber ich habe keine Zeit, über die Qualität unserer schulischen Aktivitäten zu meckern, weil Victoria mir die nächste Frage stellt.

»Na, bist du bereit für meine Geburtstagsparty morgen?«, sagt sie, wobei ihre blauen Augen vor Aufregung funkeln. »Es wird ja so fantastisch. Vergiss nicht, um sieben im Gemeindesaal. Es gibt einen DJ, eine Fotokabine und du ahnst nicht, was noch …«

Das alles klingt in meinen Ohren seltsam vertraut.

»Einen Tanzwettbewerb?«

»Ja!«, ruft Victoria mit einem triumphalen Ausdruck im Gesicht. »Den werden wir ja so was von gewinnen!«

»Aber ich kann nicht tanzen«, protestiere ich und vergesse in meiner Panik, dass ich keine Gelegenheit haben werde, auf Victorias Party zu gehen.

»Mach dir keine Sorgen, in den regionalen Ausscheidungen von *Wir suchen den neuen Junior Dance Star* bin ich Dritte geworden«, sagt sie zu mir und lässt in gespielter Bescheidenheit die Lider flattern. »Mein Tango hat Bestnoten gekriegt. Und warte nur, bis du das umwerfende Kleid siehst, das Mum mir gekauft hat – in dem alten roten Ding mit den Pailletten hab ich ja wie eine Tomate ausgesehen.«

Das einzige Mal, dass ich getanzt habe, war in der Küche, mit meiner Mum. Wenn Dad unterwegs war, hat Mum ihre Lieblingslieder aus der Zeit laufen lassen, als sich die beiden kennengelernt haben, und wir haben uns verrückte Tanzschritte ausgedacht und dabei Pizza gegessen. Ich erinnere mich an einen Song, bei dem Mum ihren, wie sie es nannte, »Hüftschwung alter Schule« ausgepackt, ihre Higgs-Boson-Baseballkappe falsch herum aufgesetzt und zu der intergalaktischen Melodie gerappt hat. Am Ende musste ich so heftig lachen, dass mir die Pizza aus der Nase kam.

»Was ist los?«, fragt Victoria, als sie bemerkt, dass meine Augen feucht werden.

»Ist nur Heuschnupfen«, sage ich und hole ein Taschentuch heraus, um die Erinnerungen wegzuwischen.

Das Krokodil hält vor dem Museum an, und als ich mit Augenwischen fertig bin, erlebe ich die nächste große Überraschung.

In meinem Universum ist das Museum für Naturgeschichte und Mechanische Wunder in Clackthorpe ein altes freistehendes Haus, das ein bisschen wie ein abgeranztes Antiquitätengeschäft oder die Sorte runtergekommenes Hotel aussieht, in dem sie normalerweise Horrorfilme drehen.

Aber das große Gebäude vor mir ist ganz aus Glas und Stahl, lauter spitze Winkel und gerade Linien ragen in den Himmel wie ein Raumschiff, das am Mars irgendwie falsch abgebogen und versehentlich in Clackthorpe gelandet ist. Ich reibe mir die Augen. Diesmal bin ich ganz sicher, dass ich träume. Aber das Raumschiff hebt nicht ab, und als Miss Benjamin uns hineinführt, entdecke ich auch das Schild über dem Eingang.

FUSION
GESTIFTET VON DER C.E.B. FOUNDATION
Ehemals Museum für Naturgeschichte und
Mechanische Wunder, Crackthorpe

Als Victoria den anderen schließlich kreischend hinterherrennt, habe ich auf einmal das Gefühl, sehr weit weg von zu Hause zu sein.

9.

»Willkommen im FUSION.«

Mir klappt vor Überraschung die Kinnlade runter, als Dad mich und den Rest der Klasse in der großen Eingangshalle begrüßt.

»In diesem Museum werdet ihr die Geheimnisse des Universums entdecken. Traut ihr euch, in den Spiegel der Unendlichkeit zu sehen? Oder euch fast mit Lichtgeschwindigkeit im Großen Hadronen-Speicherring zu drehen? Vom Kühlschrank, wo ihr herausfinden werdet, wie die Kalte Fusion die Kraft der Sterne nutzt, bis zum Detektor für Dunkle Materie, wo ihr nach dem geheimen Bestandteil des Weltraums suchen werdet, wird jedes interaktive Ausstellungsstück euch demonstrieren, wie die Wissenschaft die Wunder des Universums erklären kann.«

Es ist natürlich ein Hologramm. Ein lebensgroßes 3D-Bild meines Dads, das am Eingang des Museums auf eine höherliegende Bühne geworfen wird. Das Original ist auf der anderen Seite des Atlantiks und frühstückt wahrscheinlich gerade im Weißen Haus, aber das Hologramm sieht so echt aus, dass ich die Hand ausstrecken muss, um es zu berühren.

»Albie!« Miss Benjamins Stimme hat einen warnenden Unterton.

Ein Muster aus bunten Punkten kriecht über meine Hand, während das Bild von Dads Hand durch meine hindurchgeht – die ineinanderlaufenden Strahlen formen das Hologramm. Es ist nur ein billiger Trick, um den Leuten vorzumachen, Professor Ben Bright wäre tatsächlich hier. Selbst in diesem Paralleluniversum kann ich meinem Dad nur virtuell begegnen.

»Bevor ihr geht, habt ihr in der Heureka-Zone sogar Gelegenheit, euer eigenes Experiment durchzuführen.« Das Hologramm meines Dad sieht mich jetzt geradewegs an, sein Gesicht ist plötzlich ganz ernst. »Wer weiß? Vielleicht macht ihr eine Entdeckung, die das Universum verändert.«

Ich denke über die Quanten-Bananen-Theorie nach – den Laptop meiner Mum, der mit dem Geigerzähler verbunden ist, und die Banane, die im Karton langsam braun wird. *Habe ich schon, Dad. Ich kann dir nur nicht davon erzählen, weil du nicht hier bist.*

Als Dads Hologramm verschwindet, klatscht Miss Benjamin in die Hände, um unsere Aufmerksamkeit auf sich zu ziehen.

»Also gut, Klasse 6, ich möchte, dass ihr euch mit den Fragen beschäftigt, die wir auch im Unterricht behandelt haben. Woher kommt Energie? Woraus besteht Materie? Wie schnell ist Licht? Heute früh müsst ihr selber aktiv werden, um Antworten auf diese Fragen zu finden. Arbeitet, während ihr die Ausstellung erkundet, in euren farblich gekennzeichneten Gruppen, und dann treffen wir uns alle um zwölf im Teilchenbeschleuniger-Café, um uns über die Ergebnisse auszutauschen.«

Auf dieses Signal hat die Klasse gewartet. Wild durcheinanderredend schwärmen alle aus, um die spannendsten und potenziell gefährlichsten Ausstellungsstücke zu finden. Unter dem eindrucksvollen Glasdach sieht die riesige Halle des Museums wie ein gigantischer Wissenschaftsthemenpark aus. Atomförmige Kapseln schießen über eine Hochbahn, die in einer Schleife durch das Museum führt. Aus fluoreszierend regenbogenfarbenen Säulen steigen quietschbunte Blasen auf, jede einzelne wird von einer riesigen, hin und her schwingenden Nadel zum Platzen gebracht. Ich entdecke Exoskelette für Roboter und Dinosaurierknochen, Raumsonden und Dampfmaschinen, einen künstlichen Vulkan und etwas, das sich Urknall-Simulator nennt. Glasbrücken und Galerien führen von einem Bereich zum nächsten, neonfarbene Schilder weisen den Weg in die Klon-Zone, den Kosmischen Raum, die Erfinder-Station und zu noch mehr fantastisch klingenden Orten.

Das hier muss das beste Museum der Welt sein. Mitten in Clackthorpe.

»Bis dann«, sagt Victoria und haucht mir einen Kuss auf die Wange. »Ich mache mit Olivia und Kim eine Fahrt im Großen Hadronen-Speicherring.«

Irgendwo in meinem Hirn ist mein Schalter für Schamesröte plötzlich auf Maximum-Rote-Bete gestellt. Victoria fasst ihre Freundinnen an den Händen und verschwindet in Richtung der Atom-Rennstrecke, während ich zurückbleibe und aussehe, als käme ich gerade vom Mars.

Ich weiß nicht, zu welcher farblich gekennzeichneten Gruppe ich gehöre. Ich weiß nicht, warum Victoria Barnes glaubt, dass ich ihr Freund bin. Und wenn ich mich so in diesem Museum umschaue, weiß ich auch nicht, was ich hier eigentlich soll.

»Komm schon, Albie«, fährt Miss Benjamin mich an und schnipst mit den Fingern. »Dein Partner in der Grauen Gruppe wartet darauf, dass es losgeht.«

Nur ein einziger Schüler ist noch nicht losgerannt, um das Museum zu erkunden.

Neben Miss Benjamin steht, ein hinterhältiges Grinsen im Gesicht, Wesley MacNamara. In diesem Moment wird mir bewusst, wie sehr ich dieses dämliche Universum eigentlich hasse.

»Wohin gehen wir?«, frage ich nervös, während ich Wesley über die leere Galerie oberhalb der Eingangshalle folge. »Die ganzen coolen Sachen sind dahinten.«

»Ich habe es gefunden«, antwortet er, und tippt sich an die Nase, als hüte er ein großes Geheimnis. »Wir können loslegen mit unserem Plan.«

»Welchem Plan?«, frage ich und meine Verwirrung nimmt noch zu, als ich mich in dem verwaisten Raum umschaue. In diesem Winkel des Museums sind weit und breit keine elektrisierenden Experimente, dynamischen Demonstrationen, oder interaktiven Elemente zu sehen. Ich weiß nicht, wie wir hier die Antwort auf irgendeine von Miss Benjamins Fragen finden sollen. Ich werfe einen Blick über die Schulter und sehe meine uralte Lehrerin im Gespräch mit einem der Museumsangestellten. Auf seiner knallroten Jacke prangt das Logo der C.E.B. Foundation.

Im Hinterkopf wäge ich ab, ob Wesley mich vielleicht in einen einsamen Teil des Museums locken will, um ein grausiges wissenschaftliches Experiment an mir vorzunehmen, aber wenigstens hat er mir noch keinen tauben Arm verpasst – noch nicht.

»Operation Schnabeltier«, antwortet Wesley mit einem teuflischen Grinsen. »Tu nicht so, als hättest du unseren genialen Plan vergessen.«

Oh nein, sagt jetzt nicht, dass der Wesley MacNamara in diesem Paralleluniversum so verrückt ist wie der, den ich zurückgelassen habe. Seine fixe Idee, ein Schnabeltier zu sezieren, hatte ich völlig vergessen. Ich erinnere mich an die Bilder, die ich auf der Website des Museums für Naturgeschichte und Mechanische Wunder gesehen habe. In diesem hochtechnisierten Themenpark gibt es doch sicher keinen Platz für ein eingelegtes Schnabeltier?

Die Antwort gibt mir das Schild über den Türen mit den Milchglasscheiben am Ende der Galerie.

MONTAGUE-WILKES-FLÜGEL
HEIMAT DER BESTEN SAMMLUNG
ANTIQUARISCHER TIERE
WEGEN RENOVIERUNG GESCHLOSSEN

»Komm schon«, grinst Wesley und schiebt die Tür auf. »Lass uns ein Schnabeltier fangen.«

Ich erstarre, und während Wesley in den Montague-Wilkes-Flügel schlüpft, überlege ich, wie ich aus dieser Nummer rauskomme. Ich werfe einen Blick über die Schulter und kann den Rest der Klasse sehen, der sich im Museum amüsiert. Ich entdecke Kiran, der in der Atomaren Zorb-Zone in etwas herumhüpft, was wie ein riesiger Hamsterball aussieht, während Victoria Barnes vor dem ausbrechenden Vulkan ein Selfie mit ihren Freundinnen macht. Selbst Miss Benjamin mischt mit. Sie steht in einem Gehäuse in der Klon-Zone und der Museumsangestellte drückt einen Knopf, um eine 3D-Kopie von ihr zu machen. Wie konnte ich in eine Schnabeltier-Entführung geraten? Wenn Miss Benjamin das herausfindet, dann ...

In diesem Moment macht etwas in meinem Hirn klick. Seit ich in diesem Paralleluniversum angekommen bin, wurde ich mit Klebeband an einen Stuhl gefesselt, von meinem besten Freund beschimpft und sogar gezwungen, mit Victoria Barnes Händchen zu halten. Ich gehöre nicht hierher, und bei der ersten Gelegenheit, die sich mir bietet, werde ich zurück in meinen Karton klettern und aus dieser wahnsinnigen Welt verschwinden. Was macht es da noch für einen Unterschied, wenn ich Wesley MacNamara helfe, ein ausgestopftes Schnabeltier zu klauen? Wenn ich geschnappt werde, ist der Albie Bright dieses Universums der Einzige, der Ärger kriegt. Auf einmal habe ich gar keine Angst mehr. Ich kann hier tun und lassen, was ich will, und keiner kann mir was.

»Albie?« Wesleys Stimme dringt auf die Galerie. »Komm her und sieh dir an, was ich gefunden habe.«

Ich werfe einen letzten Blick über die Schulter, um sicherzugehen, dass mich niemand beobachtet. Dann schlüpfe ich schnell durch die Tür.

Wow.

Mit einem anderen Wort kann ich das hier drinnen nicht beschreiben.

Fluoreszierendes Licht erhellt den großen Raum, der mit ausgestopften Vertretern sämtlicher Spezies gefüllt ist. Löwen und Tiger, Leoparden und Bären, Affen, Zebras und Krokodile stehen hier. Und das sind nur die, die ich auf den ersten Blick ausmachen kann. Aber das eigentlich Unheimliche ist, dass jedes einzelne dieser Tiere wie ein richtiger Mensch gekleidet ist.

Da ist ein Walross in einem Hochzeitskleid, und es sieht aus, als würde es einen Eisbären in einem Dreireiher heiraten. Ein Affe in einer Weste reitet auf dem Rücken einer Bergziege, und beide werden von einem Koala in einem altmodischen Auto verfolgt. Ich kann eine Modellschule voller Stinktiere sehen, die in schwarz-weißen Uniformen an ihren Tischen sitzen. Da ist sogar eine Mannschaft aus Kängurus, die gegen ein paar Krokodile Kricket spielt, sie alle tragen weiße Pullis. Und alle diese abgefahrenen Szenen sind auf unterschiedlich hohen Podesten im ganzen Raum verteilt.

»Ganz schön irre, was«, sagt Wesley und inspiziert den Schaukasten vorn im Raum. »Hier steht, dass dieser Montague Wilkes all diese Tiere selber ausgestopft hat.«

Ich finde, das macht diese gespenstische Ausstellung nicht besser. Sie kommt mir vor wie ein Zoo, in dem die Tiere die Besucher aufgefressen und ihre Sachen angezogen haben.

»Und da ist das Pelztier, nach dem wir gesucht haben«, sagt Wesley und deutet auf die Plattform in der Mitte des Raums.

Ich schaue hoch und mein Blick fällt auf eine Bühne mit einem Tierorchester. Da sind Pinguine, die Geige spielen, ein Waschbär mit einem Fagott, Frettchen mit Trompeten und ein Tier, das wie eine Zibetkatze aussieht – eine kleine Dschungelkatze, die ich Snake Mason in *Überleben in der Wildnis* habe fangen sehen. Sie spielt die Klarinette.

Und auf einem hohen Podest in der Mitte der Bühne steht, umgeben von den ausgestopften Musikern, ein Schnabeltier in einem weißen Smoking. Seine Flossen sind weit ausgebreitet, und es sieht aus, als würde es einen langen hölzernen Stab halten.

Mein Adrenalinpegel steigt. Deshalb sind wir hier. Es ist Zeit, das Schnabeltier zu stehlen.

Zuerst weiß ich nicht, wie wir auf die Bühne kommen sollen. Das Museum hat eine Scheibe angebracht, um die ausgestopften Tiere vor neugierigen Besuchern zu schützen – aber vielleicht ist es auch andersrum. Jedenfalls ist die Scheibe viel zu hoch, um darüberzuklettern. Aber dann rollt Wesley eine Stehleiter heran.

»Los geht's«, sagt er mit einem aufgeregten Grinsen und bringt die Leiter in Position. »Die müssen sie hiergelassen haben, als sie die Exponate aufgestellt haben.«

»Überlass das mir«, sage ich und stelle meinen Fuß

auf die erste Sprosse der Leiter. Über meinem Kopf wartet der Schnabeltier-Dirigent auf seinem Podest, bereit, das Orchester aufspielen zu lassen.

Ich muss einfach grinsen, als ich die Leiter hochklettere. Zum ersten Mal, seit ich hierher gekommen bin, habe ich das Heft in die Hand genommen. Mein Kopf summt vor lauter Aufregung. Ich werde ein antikes Schnabeltier stehlen, und sollte ich erwischt werden, ist mir das obendrein auch noch egal.

Als Mum krank wurde, habe ich mich die ganze Zeit fürchterlich angestrengt, bloß alles richtig zu machen, damit sie sich nicht sorgte und ich alles noch schlimmer machte. Aber obwohl ich alles für mich behalten habe – das Mobbing in der Schule, Dads ständige Abwesenheit –, ging es Mum deswegen nicht besser, und ich konnte nur zusehen, wie sie sich immer mehr auflöste. Doch in diesem Universum gibt es keine Mum mehr, um die ich mir Sorgen machen muss. Hier kann ich tun und lassen, was ich will – so wie der böse Albie.

Von der Leiterspitze aus gesehen scheint das Schnabeltier etwas weiter entfernt als vom Boden, dafür sieht es doppelt so unheimlich aus. In seinem weißen Smoking mit der schwarzen Fliege unmittelbar unter dem riesigen Schnabel starrt es mich mit seinen Knopfaugen misstrauisch an.

»Hast du es?«, ruft Wesley.

Mit der einen Hand klammere ich mich an der Leiter fest, mit der anderen greife nach dem Schnabeltier. Es ist in etwa so groß wie mein Rucksack und hat ein paar fies aussehende Stacheln vorn an den Flossen. Mein Mund ist trocken, und ich spüre mein Herz in der Brust schlagen, als ich sein glänzend braunes Fell berühre. Und das ist der Moment, in dem alles schiefgeht.

»Ich kann es kaum abwarten, die Tiere zu sehen!« Das ist Miss Benjamins Stimme, und es klingt, als würde sie direkt vor der Tür stehen. »Im alten Museum habe ich sie den Kindern so gern gezeigt! Wie nett, dass Sie mich einen Blick hineinwerfen lassen.«

Panisch schaue ich zu den Milchglastüren und erkenne zwei Schatten hinter den Scheiben. Miss Benjamin wird mich auf frischer Tat ertappen.

»Was machen wir jetzt?«, zische ich, aber als ich nach unten sehe, hat Wesley die Leiter schon losgelassen und steuert auf ein Schild mit der Aufschrift NOTAUSGANG zu. Ich bin auf mich allein gestellt.

Dann passieren mehrere Dinge gleichzeitig.

Ohne Wesley, der unten festhält, beginnt die Leiter nach hinten zu kippen, und ich werde nach vorn katapultiert. Im einen Moment greife ich nach dem Schnabeltier, im nächsten ist es das Einzige, an dem ich mich noch festhalte, während ich Richtung Bühnenboden stürze. Auf dem Weg komme ich mit meinem flatternden Ellenbogen irgendwie an den Schalter, der seitlich am Podest angebracht ist, und stelle ihn von *Aus* auf *An*.

Während die entschwindende Leiter Fahrt aufnimmt und den Gang runter auf die Kricket spielenden Krokodile und Kängurus zurollt, ertönt plötzlich das Orchester im ganzen Raum. Eine Trompetenfanfare verkündet meinen Auftritt: Ich krache mitten hinein in die Reihen des tierischen Orchesters, ein paar Flöte spielende Huskys dämpfen meinen Fall.

Während ich noch benommen daliege und ein ausgestopfter Pinguin mir mit seinem Geigenbogen in die Rippen sticht, höre ich ein lautes Getöse. Die rollende Leiter ist gegen eines der unteren Podeste gekracht. Das Schnabeltier habe ich immer noch in meiner Hand, und als ich die Augen öffne, ist sein Schnabel nur Millimeter von meinem Gesicht entfernt, und sein glänzender Blick sagt mir, dass ich einen riesigen Fehler gemacht habe.

Als ich mich schließlich aufrappele, lärmt das Orchester immer noch, aber die ausgestopften Musiker liegen überall auf der Bühne herum. Meine Sturzlandung hat die Bläser und die Holzblasinstrumente und auch die meisten Pinguingeiger umgekegelt. Am anderen Ende des Raumes ist das Kricketspiel der Kängurus völlig demoliert, und einer der Krokodilschlagmänner klemmt kopfüber in der Leiter. Wesley ist nirgends zu sehen.

»Albie Bright!«, kreischt da Miss Benjamin. Mit einem bangen Gefühl drehe ich mich um und sehe meine vorzeitig gealterte Lehrerin in der Tür stehen, ihr linkes Auge zuckt in Höchstgeschwindigkeit. Neben ihr steht der Kurator des Museums und schüttelt angesichts der Zerstörung entsetzt den Kopf. »Was in aller Welt hast du getan?«

10

Im Fernsehen hängt Doc Brown an der Turmuhr, während Marty McFly den DeLorean auf 88 Meilen pro Stunde beschleunigt, um die Zeitmaschine zurück in die Zukunft zu bringen. Es ist komisch, ich muss diesen Film mindestens fünfzig Mal gesehen haben, aber obwohl die Geschichte genau dieselbe ist, sieht der Marty McFly in diesem Film ganz anders aus. Ich nehme an, dass ein anderer Schauspieler in diesem Paralleluniversum die Rolle gespielt hat. Aber ich schaue den Film gar nicht richtig – eigentlich sitze ich bloß auf dem Wohnzimmersofa und warte darauf, dass Grandad Joe mit mir spricht.

Er hat kein Wort gesagt, seit er im Museum aufgetaucht ist, um mich abzuholen, hat schweigend zugehört, als Miss Benjamin wütend meine »Vergehen« aufgezählt hat.

Zerstörung des Trick-Tier-Orchesters
Demontage des Kricketmatchs Kängurus gegen Krokodile
Versuchter Diebstahl eines antiken ausgestopften Schnabeltiers

Selbst als Miss Benjamin Grandad Joe darüber in Kenntnis gesetzt hat, dass ich unter dem Vorbehalt weiterer Untersuchungen für eine Woche von der Schule ausgeschlossen wurde, hat er keinen Ton gesagt. Stattdessen sind wir schweigend nach Hause gegangen, bevor er mit einem tiefen Seufzer in seinen Sessel gesunken ist und den Fernseher angemacht hat, in dem immer noch der Film lief, den ich zuletzt in einem anderen Universum gesehen hatte.

Das alles sollte mich gar nicht kümmern. Ich kann einfach zurück in meinen Karton klettern und es dem bösen Albie überlassen, dieses Chaos in Ordnung zu bringen. Schließlich wäre nichts von alledem passiert, wenn er mich nicht gezwungen hätte, an seiner Stelle zur Schule zu gehen. Aber dann sehe ich das sorgenvolle Gesicht von Grandad Joe und kann mich des Gefühls nicht erwehren, dass *ich* es war, der ihn enttäuscht hat.

»Grandad?«, sage ich und hoffe verzweifelt, dass er mit mir spricht.

Aber er sitzt einfach nur in seinem Sessel und starrt auf den Fernseher, während der Blitz in die Turmuhr einschlägt.

»Grandad?«, sage ich wieder, diesmal ein bisschen lauter, nur für den Fall, dass er langsam taub wird.

Grandad Joes Antwort ist ein Seufzen. »Ich kann dich noch nicht mal ansehen, Albie«, sagt er, während der DeLorean im Fernsehen in einem elektrischen Blitz verschwindet. »Nicht nach dem, was du diesmal angerichtet hast.«

»Aber ich wollte nicht …«

»Als deine Mum noch ein kleines Mädchen war, bin ich immer mit ihr ins Museum gegangen«, sagt er zu mir. »Natürlich hieß es damals noch nicht Fusion – es war das Museum für Naturgeschichte und Mechanische Wunder. Charlotte hat furchtbar gern die Tiere angeschaut. Ständig hat sie mich mit Fragen gelöchert. Wie hoch kann ein Känguru springen? Was ist der Unterschied zwischen einer Wasser- und einer Landschildkröte? Warum ist jedes Tier anders? Deine Mum hat mir mal erzählt, dass sie wegen der Tiere im Museum Wissenschaftlerin werden wollte, wenn sie erst groß war. Und gerade musste ich mir von deiner Lehrerin anhören, dass du die Hälfte dieser Geschöpfe kaputt gemacht hast.«

Kopfschüttelnd reibt sich Grandad Joe die Augen und versucht die durchsickernde Traurigkeit zu verbergen.

»Was, glaubst du, würde deine Mum dazu sagen?«

Es ist wie ein Schlag in die Magengrube. Von allen Dingen, die Grandad Joe zu mir sagen könnte, ist das absolut das Schlimmste. Alles, was ich getan habe, war für meine Mum – die Quanten-Bananen-Theorie erfinden, mein Leben bei der Entführung einer psychopathischen Katze riskieren, in ein Paralleluniversum reisen – aber wie kann ich das Grandad Joe erklären? Ich kann nur eins sagen.

»Es tut mir leid, Grandad.«

»So? Tut es das?«, fragt er zweifelnd und sieht mich zum ersten Mal an. »Das sagst du immer. Sieh mal, Albie, ich weiß, dass dein Dad im Moment selten da ist – wegen seines Fusion-Dingsbums hin und her hetzt –, aber das ist keine Entschuldigung dafür, wie du dich aufführst. Ich weiß, du hältst mich für einen dummen alten Mann, der noch nicht mal ein Abendessen kochen kann, ohne dass es anbrennt, aber dein Dad versucht, aus der Welt, in der du aufwächst, einen besseren Ort zu machen.« In Grandads Augen schwimmen Tränen. »Wenn ich dich so ansehe, Albie, kann ich auch meine Charlotte sehen. Du gleichst deiner Mum aufs Haar. Auch sie wollte die Welt besser machen, für dich – und jetzt ist es an dir, sie stolz zu machen.«

Ich nicke und kämpfe gegen die Tränen an. *Sie stolz machen …* Das war alles, was ich immer wollte.

»Mach dir keine Sorgen, Grandad«, sage ich zu ihm, versuche meine Gefühle im Griff zu behalten und stehe vom Sofa auf. »Ich bringe das wieder in Ordnung.«

Auf der Treppe zum Dachboden werde ich von Schuldgefühlen überwältigt. Was Grandad Joe gesagt hat, geht mir nicht aus dem Kopf, aber ich kann mich dem jetzt einfach nicht stellen. Ich will nur noch hier weg. Ein Teil von mir hat das Gefühl, als würde ich mich davonstehlen, aber wenn ich wirklich etwas in Ordnung bringen will, dann muss ich meine Mum finden. Meine Zimmertür steht offen, und als ich eintrete, sieht es so aus, als wäre die Luft rein.

In der Ecke wartet der Karton auf mich – meine Fahrkarte aus diesem Paralleluniversum. Ich hoffe nur, dass es auch wirklich eine Rückfahrkarte ist. Was, wenn die Quanten-Bananen-Theorie nicht mehr funktioniert? Ich versuche die nagende Sorge zu verdrängen.

Ich knie mich hin und überzeuge mich, dass alles noch an seinem Platz ist. Der Geigerzähler ist immer noch an Mums Laptop angeschlossen, die Banane davor ist jetzt mit braunen

Flecken übersät. Sieht so aus, als wäre alles für meinen Abflug bereit.

»Was denkst du dir eigentlich dabei?«

Der Klang meiner eigenen Stimme lässt mich herumfahren und ich sehe den bösen Albie in der Tür stehen, mit einem finsteren Blick wie im Comic.

»Ich schicke dich in die Schule, damit du mir alle vom Leib hältst, aber du hast alles noch tausendmal schlimmer gemacht. Du hast das Museum demoliert, wegen dir wurde ich von der Schule ausgeschlossen, und wenn Dad das herausfindet, brummt er mir für immer und ewig Hausarrest auf. Was denkst du dir dabei? Ich dachte, ihr Klone tut, was man euch sagt.«

Er starrt mich an, als erwartete er Widerspruch.

»Ich hab dir das schon mal gesagt«, ranze ich ihn an. »Ich bin kein Klon. Ich bin du – aus einem Paralleluniversum.«

Der böse Albie glotzt mich an, als wäre ich der letzte Volltrottel.

»Ein Parallel...was?«

Aber ich habe keine Gelegenheit, ihm zu antworten, weil da ein fuchsroter Pelzstreifen ins Zimmer schießt.

»Was zum ...«

Mit einem Miau, das nach einem volltrunkenen Panther klingt, schießt Dylan am bösen Albie vorbei und springt in den Karton, der Deckel fällt über ihm zu. Eine Sekunde lang stehen wir beide sprachlos vor Staunen da, dann höre ich das Klicken des Geigerzählers.

Nein! Nicht ohne mich!

»War das eine Katze?«, fragt der andere Albie und sieht irgendwie besorgt aus. Er geht zum Karton. Er hebt die Gartenhandschuhe, mit denen ich hier angekommen bin, vom Fußboden auf.

»Wir müssen sie aus dem Karton holen, bevor sie das Ding mit einem Katzenklo verwechselt und mein Zimmer vollstinkt.«

Er hält mir die Handschuhe hin.

»Wenn ich den Deckel aufmache, schnappst du sie dir.«

Der böse Albie beugt sich langsam vor, öffnet den Karton und wartet, dass die Katze rausspringt.

Nichts passiert.

Verdutzt späht er hinein und entdeckt die Banane, den Geigerzähler und den Laptop meiner Mum. Da ist keine Katze. Dylan hat es schon wieder gemacht.

Albie kratzt sich den Kopf und dreht sich verwirrt zu mir um.

»Wo ist die Katze hin?«

Also erzähle ich ihm von der Quanten-Bananen-Theorie. Als ich fertig bin, kratzt sich Albie immer noch den Kopf.

»Du willst mir also erzählen, dass meine Nachbarkatze jetzt in einem Paralleluniversum ist?«

»Nein, Dylan ist meine Nachbarkatze«, korrigiere ich ihn.

»Und du bist auch aus einem Paralleluniversum?«

»Ja, wie ich dir schon gesagt habe.«

Ein breites Grinsen erhellt das Gesicht meines bösen Zwillings.

»Das ist genial.«

In diesem Moment begreife ich, dass ein zweiter Albie, der mir glaubt, noch schlimmer ist als einer, der mir nicht glaubt.

»Wenn ich also in diesen Karton steige, reise ich in ein Paralleluniversum?«, fragt er und starrt auf Mums Laptop, über dessen Bildschirm Nullen und Einsen schwirren.

»Ja, aber die Hauptsache ist, dass wir unsere Mum finden und ...«

Der böse Albie schüttelt den Kopf.

»Meine Mum ist mir egal. Ich hab sie nie gekannt. Nein, wenn diese Zauberkiste mich in eine andere Welt bringen kann, dann suche ich mir eine, in der mein dämlicher Dad nicht sein ganzes Geld für wohltätige Zwecke ausgibt.« Seine Augen werden zu Schlitzen. Er starrt mich an. »Ich sollte Millionär sein – und in einem Paralleluniversum bin ich das auch.«

Für einen Moment fehlen mir die Worte. Wie kann er sagen, dass Mum ihm egal ist? Wegen ihr habe ich die Quanten-Bananen-Theorie erfunden. Sie wiederzufinden ist das Einzige, was zählt.

»Komm schon«, knurrt der böse Albie. »Was muss ich tun, damit das Ding funktioniert?«

Wenn ich den bösen Albie in diesen Karton steigen lasse, wird er alles kaputt machen. Ich muss einen Weg finden, ihn aufzuhalten.

Ich habe immer noch die Gartenhandschuhe, und als mein Blick auf sie fällt, kommt mir diese verrückte Idee. Ich muss diesen anderen Albie nur davon überzeugen, dass es wahr ist.

»Wenn du in ein Paralleluniversum reisen willst, musst du

die richtige Ausrüstung tragen«, sage ich und werfe ihm die Handschuhe zu. »So wie ich es gemacht habe.«

Der böse Albie fängt die Handschuhe auf. Er sieht mich an, als hätte ich ihm gerade eröffnet, er müsse ein Tutu tragen.

»Ein Paar Gartenhandschuhe?«

Er könnte nicht misstrauischer klingen, aber wenn dieser Plan funktionieren soll, muss ich ihn überzeugen.

»Nicht nur die Handschuhe«, sage ich. »Du musst auch die Maske und den Körperschutz tragen. Du willst doch nicht, dass deine Innereien zu Spaghetti werden, wenn du durch ein Schwarzes Loch in ein Paralleluniversum eintrittst, oder? Der Körperschutz sorgt dafür, dass alles an seinem Platz bleibt, und die Maske schützt dein Gesicht vor kosmischen Strahlen.«

Der böse Albie mustert die Horror-Clown-Halloweenmaske und meinen BMX-Körperschutz, der immer noch auf dem Boden liegt, da, wo ich ihn habe liegen lassen.

»Bist du sicher?«, fragt er zweifelnd.

»Ich bin in einem Stück hier angekommen, oder?«, sage ich, hebe die Schutzweste auf und drücke sie ihm in die Hand. »Aber wenn du riskieren willst, dass deine Innereien wie bei einer Zahnpastatube durch dein Auge gedrückt werden, nur zu.«

Murrend streift der böse Albie den Brustpanzer über.

Das ist meine einzige Chance. Während er sich die zwei Nummern zu kleine BMX-Weste über den Kopf zu ziehen versucht, krieche ich in den Karton. Ich versuche, keinen Lärm zu machen, als ich den Deckel über mir zuziehe und in der Dunkelheit nach dem Geigerzähler taste.

Ich schaue auf die Anzeige, aber auf dem Display erscheint kein Licht. Er ist tot. Die Nullen und Einsen scrollen immer noch so schnell über den Bildschirm des Laptops, dass sie ineinander verschwimmen. Aber etwas ist schiefgegangen. Der Geigerzähler hat keinen Saft. Wie soll ich wissen, dass sich das Universum in zwei geteilt hat, wenn die Banane radioaktiv wird?

Ich krame in der Dunkelheit, taste nach dem Kabel, das den digitalen Geigerzähler mit dem Laptop verbindet, und berühre mit dem Finger das Ende des USB-Anschlusses. Dylan muss ihn irgendwie rausgezogen haben.

»He, wo bist du?«

Ich höre meine Stimme draußen vor dem Karton, und ich klinge nicht sehr erfreut.

Mit zitternder Hand stecke ich den Anschluss in den USB-Port von Mums Laptop. Mit meiner anderen Hand packe ich die Banane und halte sie an den Geigerzähler, während ich verzweifelt vor mich hin murmele.

»Komm schon, komm schon, komm schon.«

Die eine Seite des Kartons beult sich, als der böse Albie davortritt.

»Du ...«

Dann höre ich den Geigerzähler klicken, und die Welt scheint eine Millisekunde lang einzufrieren. Irgendwo außerhalb des Kartons spüre ich eine Milliarde unsichtbarer Bänder schwirren, und dann klickt der Geigerzähler wieder, und das Brüllen meines bösen Zwillings verstummt.

Zusammengekauert in der Dunkelheit halte ich den Atem

an. Sieht so aus, als hätte die Quanten-Bananen-Theorie wieder funktioniert. Jetzt würde ich nur noch gern wissen, wo ich gelandet bin.

11

Diesmal habe ich meine Lektion gelernt. Ich hebe den Deckel an, strecke vorsichtig den Kopf hinaus und hoffe inständig, dass mir niemand ins Gesicht schlägt.

Mein Zimmer sieht genauso aus wie immer. Da sind mein Teleskop und die Bücherstapel und die Comics; über meinem Bett hängt sogar das Poster mit dem Sonnensystem. Schnell zähle ich die Planeten – Merkur, Venus, Erde, Mars, Jupiter, Saturn, Uranus, Neptun – und seufze erleichtert, weil es diesmal nur acht sind.

Erst als ich aus dem Karton steige, stelle ich fest, dass jemand an meinem Tisch sitzt. Ich sehe nur den Rücken, weiß aber sofort, dass ich es bin – ich meine, ein anderes Ich.

Dieser andere Albie dreht sich um, und mir klappt die Kinnlade runter, weil mich ein Mädchen anstarrt. Es ist, als würde man in einen Jahrmarktspiegel gucken. Ihr Gesicht sieht genauso aus wie meins – Augen, Nase und Mund haben die gleiche Form und sind an der gleichen Stelle –, aber sie ist definitiv ein Mädchen.

Ich öffne und schließe den Mund ein paar Mal, bringe aber kein Wort heraus.

Ich schätze, ich sollte nicht so überrascht sein. Jede Körperzelle enthält Chromosomen, die ausmachen, wer man ist. Sie bestimmen, welche Augenfarbe man hat, wie groß man ist, ob man eine Brille tragen muss oder nicht. Diese ganzen Informationen sitzen in den Chromosomen. Es gibt sogar ein spezielles Chromosomenpaar, das darüber entscheidet, ob man ein Junge oder ein Mädchen ist. Kriegt man ein X- und ein Y-Chromosom, ist man ein Junge, aber wenn man zwei X-Chromosomen kriegt, wird man ein Mädchen. Die Chancen stehen fünfzig-fünfzig. Der Albie in diesem Universum muss zwei X-Chromosomen abbekommen haben.

Während ich immer noch den ertrinkenden Goldfisch gebe, starrt mich dieses Albie-Mädchen genauso geschockt an.

»Du bist ein Junge«, sagt sie und schüttelt ungläubig den Kopf.

Was soll ich sagen? Der andere Albie im letzten Paralleluniversum hielt mich für einen Klon, aber das kann ich jetzt unmöglich vortäuschen.

»Ich bin ...«

»Ich weiß genau, wer du bist«, antwortet der weibliche Albie, die Worte platzen vor Aufregung in einem Schwall heraus. »Du bist ich, aus einem Paralleluniversum. In dem Karton sind eine Banane, ein Geigerzähler und Mums Quantencomputer, der mit dem Netz vom CERN verbunden ist. Ihre Experimente im Großen Hadronen-Speicherring haben ein kleines Schwarzes Loch geschaffen, das in ein Paralleluniversum führt. Du hast es mit dem kleinen Teilchenbeschleuniger in Mums Quantencomputer kopiert, hast ein Wurmloch durch die fünfte Dimension erzeugt, das dich in Parallelwelten reisen lässt. Ist echt einfach. Die Quanten-Bananen-Theorie funktioniert.« Sie hält einen Moment inne, um Luft zu holen, ein Grinsen breitet sich auf ihren Lippen aus. »Ich hätte es wissen sollen, ich habe auch daran gedacht.«

Wieder fällt mir die Kinnlade runter. Der Albie in diesem Universum ist nicht nur ein Mädchen, er ist auch ein Genie. Wir hätten beide die Quanten-Bananen-Theorie erfinden können, aber, um ehrlich zu sein, ich habe keinen blassen Schimmer, wie sie funktioniert. Der weibliche Albie scheint alles berechnet zu haben.

»Ich bin übrigens Alba«, sagt sie.

Diesmal gelingt es mir, meinen Namen zu stottern.

»Ich bin Albie.«

Alba lacht.

»Das ist mal wieder typisch«, sagt sie. »Nach Albert Einstein, nicht wahr? Mum und Dad waren nie besonders einfallsreich, wenn es um Namen ging. Dad hat sogar meinen Hamster nach einem berühmten Wissenschaftler benannt. Hawking.«

Vom Tisch hinter ihr vernehme ich ein vertrautes Quietschen und erhasche einen Blick auf Hawking, der durch sein Laufrad wuselt.

»Meinen auch!«, sage ich ihr aufgeregt.

Einen Moment lang grinsen wir uns an. In diesem Paralleluniversum habe ich mich zwar in ein Mädchen verwandelt, aber dafür lebt mein Hamster noch. Da ist nur eine Sache, die ich nicht verstehe.

»Wenn du alles über die Quanten-Bananen-Theorie weißt, warum hast du sie dann nicht selber ausprobiert?«

Alba schiebt ihren Stuhl vom Tisch weg, und mir fällt zum ersten Mal auf, dass er keine Beine, sondern Räder hat.

»Seit ich in diesem Ding hier stecke, ist mir so ein Trip zu riskant«, sagt sie und das Grinsen auf ihrem Gesicht verschwindet.

Ich kann nicht anders, als ihren Rollstuhl anzustarren.

»Was ist passiert?«

»Ein Autounfall«, antwortet Alba. »Mum und ich sind zum Flughafen gefahren, um Dad abzuholen, der von einem Dreh zurückkam. Es war ein nebeliger Morgen, und auf der Autobahn gab es einen Unfall – ein betrunkener Mann in einem weißen Van fuhr auf der falschen Seite. Er ist direkt in uns reingefahren. Danach kann ich mich nicht mehr an viel erinnern. Der Wagen war völlig hin, und Dad hat mir erzählt, dass es drei Stunden gedauert hat, bis die Feuerwehrleute uns rausgeschnitten hatten.« Eine Träne rinnt aus ihrem Augenwinkel. »Ich hatte Glück – ich war nur von der Hüfte abwärts gelähmt. Aber Mum hat es nicht überlebt.«

In meinem Hirn leuchtet eine Fehlermeldung auf, es kann sich keinen Reim darauf machen, was Alba mir gerade erzählt hat. Das kann nicht sein. Ich habe den Weg in ein anderes Paralleluniversum gefunden, aber wieder ist es eine Welt ohne Mum.

»Was ist mit deinem Universum?«, fragt Alba mich und

reibt sich mit dem Ärmel über die Augen. »Du kannst immer noch laufen. Hat Mum den Unfall bei dir überlebt?«

Immer noch benommen schüttele ich den Kopf und habe fast ein schlechtes Gewissen, weil ich laufen kann und Alba nicht.

»Es gab keinen Autounfall«, sage ich.

»Dann lebt Mum in deinem Universum noch?«, fragt sie erwartungsvoll. Ich bemerke den Hoffnungsschimmer, der plötzlich in ihren Augen aufscheint.

Wieder schüttele ich den Kopf. Ich möchte die Worte nicht laut aussprechen. Das macht es nur noch schlimmer.

»Nein«, zwinge ich mich schließlich zu antworten. »Sie ist vor zwei Wochen an Krebs gestorben.«

Alba hat Tränen in den Augen, sie ist ein Spiegelbild meiner selbst. Ich habe das Gefühl, dass wir beide übers Ohr gehauen wurden. Warum kann es kein Universum geben, in dem Mum noch lebt? Wir starren uns an, teilen schweigend unsere Trauer. Dann ertönt Grandad Joes Stimme unten an der Treppe.

»Bist du fertig?«

Alba und ich antworten gleichzeitig: »Ich komme!«

Unsere beiden Stimmen ergeben zusammen ein seltsames Echo, und ich halte mir die Hand vor den Mund, als ich merke, was ich getan habe. Dann höre ich Grandads Schritte auf der Treppe.

»Hast du einen Jungen da oben, Alba?«

Alba sieht mich an, ihre Augen sind jetzt vor lauter Panik weit aufgerissen.

»Versteck dich«, zischt sie.

Ich sehe mich im Zimmer um. Es ist genauso unordentlich wie meins. Es gibt nur einen Platz, an dem ich mich verstecken kann. Da, wo ich angekommen bin. Ich stürze mich in den Karton.

»Ich dachte, ich hätte die Stimme eines Jungen gehört.«

Grandad Joe klingt verwirrt. Offenbar sucht er nach einer Erklärung, warum Alba ihm in Stereo geantwortet hat. Zum Glück hat sie sich schon eine ausgedacht.

»Ich habe ein Lied im Radio mitgesungen, während ich mich fertig gemacht habe, Grandad.«

Ich bin mucksmäuschenstill in meinem Karton. Die Banane ist nur ein paar Zentimeter von meinem Gesicht entfernt, im Licht des Laptops leuchtet sie grün.

Leise ziehe ich das USB-Kabel heraus, weil ich fürchte, das Klicken des Geigerzählers könnte mich verraten.

»Nach einem Sänger klang das für mich gerade nicht«, schnaubt Grandad Joe. »Du solltest lieber richtige Musik hören, Bob Dylan zum Beispiel. Das war mal ein Sänger.«

Bei der Erinnerung daran, wie Bob Dylan's Greatest Hits im Auto liefen, als Grandad Joe mich zu Mum ins Krankenhaus gefahren hat, zucke ich zusammen. Ich hatte vorher noch nie Bob Dylan gehört und ich finde, er klingt wie Dylan, der Kater.

»In jedem Fall müssen wir uns jetzt auf die Socken machen, Alba, wenn ich dich auf die Party fahren soll. Es ist schon fast acht.« Grandad Joe hält einen Moment inne. »Hast du geweint?«, fragt er.

»Es ist nur Heuschnupfen«, sagt Alba schnell, und ich kann hören, wie sie sich die Nase putzt. »Ich bin gleich unten, Grandad. Ich brauche nur noch eine Minute.«

»Okay, aber wirklich nur eine Minute. Die Party hat schon um sieben angefangen, oder? Und wenn du wieder da bist, reden wir über dein Zimmer. Du musst mal aufräumen.«

Ich höre, wie sich die Zimmertür wieder schließt, gefolgt von Schritten auf der Treppe. Dann hebt Alba den Deckel des Kartons an und dreht ihren Kopf um neunzig Grad, um hineinzuschauen.

»Ich muss los«, flüstert sie und hält ihre Stimme gesenkt für den Fall, dass Grandad Joe sein Hörgerät eingeschaltet hat. »Heute Abend ist Victoria Barnes' Geburtstagsparty im Gemeindesaal. Grandad setzt mich dort ab. Du musst hinkommen und mich dort treffen. Ich hab dir so viel zu erzählen. Wenn die Quanten-Bananen-Theorie wirklich funktioniert, dann weiß ich, glaube ich, was du brauchst, um Mum wiederzufinden.«

»Alba!«, ruft Grandad.

Mit einem kleinen hoffnungsvollen Lächeln lässt Alba den Pappdeckel zurückfallen, und dann höre ich, wie sie zur Tür rollt.

Im Karton blitzen verschwommen immer neue Nullen und Einsen auf, die Daten aus dem CERN strömen irgendwie immer noch aus meinem Universum in den Computer. Ich halte den Geigerzähler in der Hand. Wenn ich ihn einstecke, kann jeden Moment ein radioaktives Teilchen in der Banane zerfallen, und die Quanten-Bananen-Theorie schickt mich in ein anderes Paralleluniversum. Und in dem ist vielleicht meine Mum.

Hinter der Tür höre ich ein lautes Piepen, gefolgt von einem surrenden Geräusch, das klingt, als würde ein Lift nach unten fahren. Zuerst komme ich nicht drauf, was es ist, aber dann fällt es mir ein. Alba muss einen Lift haben, der ihr hilft, die Treppe hoch- und runterzukommen.

Ich schüttele den Kopf. Es ist einfach nicht fair. Wir haben beide unsere Mum verloren, aber ich kann wenigstens noch laufen.

Ich lasse den Geigerzähler ausgestöpselt und krieche aus dem Karton. Alba hat gesagt, dass sie weiß, was ich brauche, um Mum wiederzufinden. Ohne dass sie eine Chance hat, mir zu sagen, was es ist, werde ich nicht in ein anderes Paralleluniversum verschwinden.

Unten höre ich die Haustür ins Schloss fallen. Alba ist auf dem Weg zu Victoria Barnes' Geburtstagsparty, und ich werde sie da treffen.

Ich kann die Party hören, noch bevor ich am Gemeindesaal ankomme, das Uffta-Uffta eines voll aufgedrehten Songs plärrt über die Straße. Ich erkenne den Song sofort, obwohl der Text völlig verkehrt ist.

In Dads Buch stand, dass ich in jedem Paralleluniversum winzige Veränderungen beobachten würde. Selbst in einem Song, den ich vorher Tausende Male gehört habe.

Draußen vor dem Gemeindesaal hängen mehr Ballons, als sogar Buzz Lightyear brauchen würde, um in den Orbit zu fliegen, und durch das Fenster sehe ich einen Tsunami aus farbigen Lichtern, die sich unter der Decke drehen.

»Albie!«, ruft Alba mir von der Tür aus zu, und wendet ihren Rollstuhl geschickt in drei Zügen.

Es ist irgendwie komisch, sie wiederzusehen. Diesmal fallen mir all die Sachen auf, die sie zu einem Mädchen machen. Fangen wir damit an, dass ihr Haar ein bisschen länger ist als meins. Sie hat dichtere Wimpern, und obwohl unsere Augen, Nase und Mund ziemlich gleich aussehen, gibt es dennoch einige winzige Unterschiede, die Alba wie ein Mädchen aussehen lassen und mich wie einen Jungen. Wir sehen gleich aus, aber anders. Sie ist nicht mein eineiiger Zwilling, aber vielleicht meine Schwester, hätte ich je eine gehabt.

»Wir müssen jetzt gleich rein«, sagt Alba und wirkt ein bisschen gestresst. »Victoria hat irre Panik, dass manche Leute nicht kommen. Es sind nur noch zwei Paare im Tanzwettbewerb.«

Ich dachte, dass Alba mich hier nur treffen wollte. Ich habe nicht geglaubt, dass ich zu Victoria Barnes' Geburtstagsparty gehe. Können wir nicht einfach abhauen, uns in das Bushäuschen setzen, und Alba erzählt mir, was ich wissen muss?

»Keine Sorge«, sagt Alba. »Ich habe Victorias Mum gefragt, ob ich meinen Cousin zur Party mitbringen darf, und sie hat gesagt, dass es okay ist.«

»Deinen Cousin?«

»Na ja, ich konnte ja schlecht sagen ›Kann ich eine andere Alba aus einem Paralleluniversum zur Party mitbringen – sie ist übrigens ein Junge‹, oder?«, antwortet sie.

Wenn sie es so sagt, verstehe ich, was sie meint.

Als ein neuer Song durch die offene Tür hämmert, folge ich Alba in den Saal, wo mich mein schlimmster Albtraum erwartet.

12

In meinem Zeugnis steht, dass ich zwei linke Füße habe. Als wir in Sport traditionelle Tänze durchgenommen haben, hat der Rest der Klasse Walzer, Jive, Two Step und Tango getanzt, bloß mir hat Miss Benjamin gesagt, ich solle beim Ententanz bleiben. Für einen Anfänger wie mich sei das der beste Tanz, aber nicht mal den habe ich hingekriegt, sondern Timothy Chase beim Versuch, im Takt mit den Flügeln zu schlagen, den Ellbogen ins Gesicht gerammt. Danach habe ich eine Entschuldigung von Grandad Joe gefälscht, um nicht mehr am Sportunterricht teilnehmen zu müssen. Trotzdem habe ich manchmal noch Albträume, in denen mich Miss Benjamin zum Foxtrott zwingt.

Als ich also in den Gemeindesaal trete und sich vor mir eine riesige Tanzfläche mit Hunderten flackerndern Lichtern auftut und einer großen Discokugel an der Decke, kommt es mir vor, als würde mein schlimmster Albtraum wahr. Auf der Tanzfläche ist Wesley MacNamara mit Victoria Barnes, sie tanzen einen Cha-Cha-Cha zu einem Song, der mir vertraut, aber nicht ganz richtig vorkommt. Victoria trägt ein rotes funkelndes Kleid, das komplett aus Pailletten zu bestehen scheint, während Wesley einen weißen Jumpsuit anhat, auch wenn es so aussieht, als hätte er vergessen, sein Hemd zuzuknöpfen.

Als Wesley Victoria das letzte Mal herumgeschleudert hat, macht sie zum Abschluss in der Mitte der Tanzfläche einen Spagat. Der Rest der Klasse, der am Rand steht und zusieht, bricht in Jubel und Beifallsstürme aus. Neben dem DJ fällt das Spotlight auf ein Pult, an dem die Jury sitzt – Miss Benjamin, Victorias Mum und der Pfarrer, der einen goldenen Lamé-Anzug trägt –, und sie alle halten ein Schild mit einer großen 9 drauf in die Höhe.

»Was für eine Überraschung«, murmelt Alba, während sie zur Tanzfläche rollt. »Victoria hat mal wieder gewonnen.«

»Ich hasse tanzen«, sage ich. »Es gibt keinen wissenschaftlichen Grund, warum Menschen tanzen sollten.«

»Ich hab es gern gemacht«, sagt Alba, und auf der Stelle fühle ich mich wie der dämlichste Mensch im Raum. »Mum hat gesagt, dass die Atome in unserem Körper die ganze Zeit tanzen, es sei also nur natürlich, ihnen Musik vorzuspielen, zu denen sie tanzen könnten. Vor dem Unfall sind wir durch die Küche getanzt und haben uns Schritte zu Mums Lieblingssongs ausgedacht.«

Ich weiß auch noch, wie Mum und ich durch die Küche getanzt sind, aber das bringt mich nur wieder darauf, weshalb ich hergekommen bin.

Ich suche gerade nach einem ruhigen Eckchen, in dem Alba

mir erklären kann, was sie weiß, als ich ein bekanntes Gesicht entdecke. Es ist Kiran, der vor der aufblasbaren Fotokabine steht. Einen Moment lang vergesse ich, dass er mich in diesem Universum gar nicht kennt, und winke ihm freundlich zu.

Kiran starrt einfach durch mich hindurch, als wäre ich unsichtbar. Dann entdeckt er Alba, und ich bemerke das schüchterne Lächeln, das Kiran immer dann im Gesicht hat, wenn ein Mädchen ins Zimmer kommt, das ihm gefällt. Er winkt ihr zu, und als ich zu Alba hinüberschaue, sehe ich, dass Alba mit dem gleichen schüchternen Lächeln zurückwinkt. Und ich muss auch lächeln. Wenigstens hat der Albie in diesem Universum den gleichen besten Freund wie ich. Dann kommt mir ein entsetzlicher Gedanke – die Frage ist eigentlich viel zu schrecklich, um sie zu stellen.

»Ist Kiran dein Freund?«

Alba wird knallrot. »Er ist *ein* Freund«, sagt sie schnell. »Ich meine, Kiran hat gefragt, ob ich nächste Woche mit ihm ins Kino gehe, um *Zurück in die Zukunft* IV zu schauen, aber wir gehen zu mehreren hin.« Alba sieht hoffnungsvoll zu mir hoch. »Glaubst du, das heißt, er mag mich?«

Bevor diese Unterhaltung noch peinlicher wird, taucht Victoria Barnes in einem Schimmer aus roten Pailletten auf, dicht gefolgt von Olivia, Kim und dem Rest ihres Gefolges. Genau wie Kiran starrt sie einfach durch mich hindurch und heftet ihren Blick stattdessen auf Alba.

»Albs«, sagt sie und ein künstliches Lächeln pflastert ihr Gesicht. »Wie schön, dass du es doch noch geschafft hast zu kommen.«

»Tut mir leid, Victoria«, antwortet Alba und klingt nervöser als vorher. »Ich konnte erst nicht von Zuhause weg.«

»Und wer ist das?«, fragt Victoria und richtet ihre Aufmerksamkeit endlich auf mich. »Deine Verabredung?«

Als ich Victoria Barnes das letzte Mal in einem anderen Paralleluniversum gesehen habe, hat sie mich geküsst. Jetzt sieht sie mich an, als wäre ich gerade unter einem Stein hervorgekrochen.

»Das, ähm, ist mein Cousin – Albie«, antwortet Alba schnell. »Er verbringt das Wochenende bei uns. Deine Mum hat gesagt, es sei okay, wenn ich ihn zur Party mitbringe.«

Victorias Blick wandert an mir auf und ab, ihre glänzenden Lippen verziehen sich von einem Grinsen zu einem Feixen. »Tolles Outfit, Vollpfosten.«

Da fällt mir auf, dass ich immer noch meine Schuluniform trage. Olivia, Kim und der Rest von Victorias Posse kichern, als mein Gesicht den gleichen Rotton wie das von Alba annimmt. Um ehrlich zu sein, die Victoria Barnes im letzten Universum hat mir besser gefallen.

»Wie auch immer, Alba«, sagt Victoria, greift nach der Armlehne von Albas Rollstuhl und dreht ihn so, dass sie ihr direkt ins Gesicht sehen kann. »Du bist an der Reihe, ein paar Schritte auf der Tanzfläche hinzulegen. Alle anderen sind schon durch und die Jury wartet.«

Ich sehe einen Anflug von Panik auf Albas Gesicht.

»Das kannst du nicht ernst meinen«, antwortet sie mit sich leicht überschlagender Stimme. »Wie soll ich hier drin tanzen?«

Alba zeigt auf den Rollstuhl. Sie ist kurz davor, in Tränen auszubrechen, und beißt sich auf die Lippe – so wie ich, wenn mir alles zu viel wird. Wie kann jemand so gemein sein? Mein ungläubiger Blick wandert wieder zu Victoria.

»Sei nicht so eine Memme, Alba!« Victoria wischt Albas Protest mit einem Paillettenschauer zur Seite. »Alle auf meiner Party haben getanzt, und du bist doch die, die immer von Gleichheit spricht.«

Die Musik hat jetzt aufgehört. Die meisten Schüler beobachten Victoria und warten, was passiert.

»Wie auch immer«, sagt sie und zeigt mit dem Finger auf die plakatierte Bestenliste. Ihr eigener Name steht mit siebenundzwanzig Punkten ganz oben.

»Niemand erwartet, dass du gewinnst.«

Alba starrt Victoria an. Wenn ihre geröteten Augen Laserstrahlen wären, wäre Victoria jetzt Röstbrot.

»Aber ich habe niemanden, mit dem ich tanzen kann.«

Victoria drehte sich um und deutet auf mich.

»Wie wäre es mit dem Vollpfosten hier? Sehen wir den Tatsachen ins Gesicht, Alba. Dein Cousin ist ohnehin wahrscheinlich der einzige Mensch, der mit dir tanzen würde.«

Alba beißt sich so fest auf die Lippe, dass die weiß wird, und ich spüre, wie die Wut in meiner Brust aufsteigt.

Victoria ist zu weit gegangen. Ich habe vielleicht zwei linke Füße und ich habe vielleicht meine Schuluniform an, aber ich werde auf keinen Fall zulassen, dass Victoria Alba und mich in diesem Paralleluniversum mobbt.

»Ich würde jederzeit lieber mit Alba tanzen als mit dir«,

sage ich so laut zu Victoria, dass der Rest der Klasse es hören kann. »In dem Kleid siehst du aus wie eine Tomate.«

Alle müssen lachen, und selbst Olivia und Kim können ein Kichern nicht unterdrücken. Bevor Victoria antworten kann, reiche ich Alba die Hand.

»Komm, zeigen wir ihr, wie es geht.«

Alba sieht mich an, als hätte ich ihr gerade eröffnet, dass wir in einem Raumschiff zum Mars fliegen. Aber sie folgt mir trotzdem, indem sie einhändig ihren Hightech-Rollstuhl über die Tanzfläche steuert, dahin, wo der DJ wartet.

»Was tust du?«, zischt sie mit gesenkter Stimme. »Du hast mir gesagt, dass du tanzen blöd findest. Und jetzt willst du, dass ich in diesem dummen Rollstuhl mit dem Popo wackle. Alle werden mich auslachen.«

Ich schüttele den Kopf. Ich habe einen Plan. Was traditionelle Tänze angeht, habe ich es vielleicht nicht drauf, aber es gibt ein paar Tanzschritte, an die ich mich immer noch erinnere. Ich hoffe nur, dass Alba sie in diesem Universum auch gelernt hat.

»Du hast erzählt, dass du mit deiner Mum durch die Küche getanzt bist. Hat sie dir mal ihren Hüftschwung alter Schule gezeigt?«

Alba nickt verwirrt. »Das war zu diesem Song, *Intergalactic*. Ich musste so lachen, dass ich fast an meiner Pizza erstickt wäre.« Dann starrt sie mich mit aufgerissenen Augen an. »Oh nein, das meinst du nicht ernst, oder?«

Der DJ nickt, und Alba und ich nehmen unsere Positionen in der Mitte der Tanzfläche ein. Am Rand steht der Rest der

Klasse und sieht zu – in Erwartung, dass wir uns lächerlich machen. Rechts von mir sitzt Alba in ihrem Rollstuhl, sie hat die Arme vor der Brust verschränkt, während ich mir eine Baseballkappe geliehen und verkehrt herum aufgesetzt habe, damit meine Schuluniform Hip-Hop-mäßiger rüberkommt. Wenn schon alle lachen, kann ich ihnen auch einen Grund dafür geben.

Dann ertönt das Sample einer monotonen Roboterstimme, und als der Beat des Songs aus den Boxen kommt, bewege ich mich schon im Takt. Die Ellbogen im Neunzig-Grad-Winkel, schwinge ich mich nach rechts und lasse einen Muskel nach dem anderen zucken, während Arme und Kopf im Takt beben. Ich sehe Alba das Gleiche tun, wir beide tanzen wie Roboter, während der intergalaktische Refrain des Songs ertönt.

Ich hebe eine Schulter bis an mein Ohr, senke die andere und lasse eine Welle durch meinen Körper schwappen. Alba macht es genauso. In vollkommener Symmetrie sinken wir und türmen uns wieder auf. Vorn in der Menge sehe ich Victoria ihrer Freundin Kim etwas zuflüstern und Kim kichert. Ich könnte nicht blöder aussehen, aber das ist mir völlig egal, meine Arme zucken im Rhythmus mit den Tanzmolekülen, während der Song den Raum erfüllt.

Als der DJ scratcht, erstarren Alba und ich in der Bewegung. Die eine Hand liegt auf der Hüfte, die andere deutet zum Himmel hinauf, solange die Rapper dran sind. Mit jeder im Chor gesungenen Textzeile verändern wir die Position, die Arme in Hip-Hop-Pose gekreuzt, und als die roboterhafte Stimme wieder einsetzt, hauen wir Tetris-Formen raus.

In meinem Kopf kann ich Mum mit einem breiten Grinsen auf dem Gesicht durch die Küche tanzen sehen. Ich weiß noch, wie sie die Namen der Formen ausrief – Viereck, Raute, Dreieck, während sie von einer Pose in die nächste wechselte.

Als ich in den Robotertanz zurückfalle, höre ich Beifall aus der Zuschauermenge. Meine Arme zucken von einer Seite zur anderen, stoppen ruckartig an und nehmen dann wieder Fahrt auf. Als wir uns zueinander umdrehen, sehe ich, dass Alba es genauso macht. Wir können uns ein Grinsen nicht verkneifen, aber sogar unser Lächeln harmoniert, während wir uns im Rhythmus des Beats bewegen.

Am Rand der Tanzfläche fällt der Rest der Klasse ein. Ich sehe Wesley MacNamara roboterhaft in seinem weißen Einteiler zucken, und sogar Olivia und Kim nicken jetzt im Takt. Nur Victoria steht still da und schießt ihre Laserblicke auf mich ab.

Wie Alba deute ich mit erhobenen Armen zu den Sternen, tanze auf der Stelle, so wie Mum es gemacht hat, während die Roboterstimme dem Rest der Klasse den Refrain zuruft.

Jetzt tanzen alle um uns herum. Sie haben uns umringt und die Tanzfläche bebt. Es ist allen egal, wie blöd sie aussehen. Und jetzt verstehe ich, warum Menschen tanzen. Man fühlt sich nicht mehr allein, wenn man in einen Song versunken ist. Ich schließe eine Sekunde die Augen und sehe noch einmal meine Mum – ein Lächeln liegt auf ihrem Gesicht, als sie mir beim Tanzen zusieht. Doch als ich die Augen wieder öffne, ist sie verschwunden.

Der Song endet in einer Fanfare von Scratches, alle jubeln, aber erst als ich zum Jurytisch hinübersehe, der jetzt im Scheinwerferlicht erstrahlt, begreife ich, warum. Die Richter halten ihre Schilder hoch – alle geben Alba und mir eine volle 10.

13

»Danke.«

Alba dreht sich lächelnd zu mir um, als sie oben an der Treppe ankommt.

»Wofür?«

Alba hebt das Gitter an und rollt aus dem Treppenlift.

»Das ist das erste Mal seit dem Unfall, dass ich getanzt habe«, antwortet sie. »Seit Mum tot ist, habe ich vergessen, wie viel Spaß das machen kann.« Alba stößt meine – ich meine ihre – Zimmertür auf und rollt mit mir im Schlepptau hinein.

Als wir nach Hause gekommen sind, hat Grandad Joe in seinem Sessel geschnarcht, im Fernsehen lief der erste Teil von *Zurück in die Zukunft*. Es ist Zeit herauszufinden, was Alba glaubt, das ich tun muss, um Mum wiederzufinden.

»Vermisst du sie noch?«, frage ich.

»Jeden Tag«, antwortet sie. Alba wirft einen Blick zum Sternenviereck der Dachluke hinauf. »Manchmal sitze ich hier im Dunkeln, schaue durch das Teleskop zu den Sternen und erinnere mich an all die Dinge, die sie mir erzählt hat. Das ist, als wäre sie immer noch bei mir.«

Ich denke daran, wie nahe ich dran bin, Mum wiederzufinden, und ein Schauer läuft mir über den Rücken. Dann macht Alba das Licht an, und wir beide sehen, dass etwas nicht stimmt.

Das Teleskop ist immer noch zur Dachluke gerichtet, aber die Bücher- und Comicstapel sind weg, und in der Mitte des Zimmers ist nichts von meinem Karton zu sehen.

»Was ist passiert?«, frage ich und gerate sofort in Panik. »Wo ist der Karton?«

Alba hält sich die Hände vors Gesicht.

»Grandad Joe muss mein Zimmer aufgeräumt haben.«

Der Karton liegt umgekippt und halb zerdrückt unter einem Haufen Recyclingmüll im Schuppen. Daneben ist ein grüner Behälter mit Essensabfällen, oben ragt eine braun werdende Banane heraus. Und im hinteren Teil des Schuppens sehe ich Mums Quantencomputer und den Geigerzähler auf der Werkbank liegen. Zwischen all den verworfenen Projekten und Heimwerkerjobs von Dad sieht es aus, als sollte er gleich in seine Einzelteile zerlegt werden.

Ich gehe zum Laptop und drücke den Einschaltknopf, aber auf dem Bildschirm tut sich nichts. Der Akku muss den Geist aufgegeben haben – so wie meine Hoffnung, Mum wiederzusehen.

»Es tut mir leid«, sagt Alba und kommt zur Werkbank gerollt. »Ich hätte nicht gedacht, dass Grandad Joe mein Zimmer ohne mich aufräumen würde. Bestimmt hat er geglaubt, der Karton gehört zu Dads altem Kram.«

Ich sage nichts. Die Quanten-Banane-Theorie war die eine Chance, die ich hatte, ein Paralleluniversum zu finden, in dem Mum noch lebt. Das Experiment ist schiefgegangen und ich bin hier gestrandet. Kein Chance, Mum zu finden. Kein Weg, der zurück nach Hause führt.

Alba sieht zu mir hoch. Im Dämmerlicht des Schuppens sehe ich meine eigenen Augen, in ihrem Blick blitzt reine Entschlossenheit.

»Das kriegen wir wieder hin«, sagt sie. »Und bis es so weit ist, verrate ich dir, wie du mit Quantenphysik Mum finden kannst.«

Als der Laptop am Ladekabel hängt und die Banane aus dem Biomüll geborgen ist, erklärt Alba, was sie meint.

»Atome und Teilchen können sich echt seltsam verhalten ...«

»Das weiß ich alles«, sage ich und versuche die eingedrückten Seiten meines Kartons zu glätten. Eine Ecke fühlt sich ein bisschen feucht an und riecht auch komisch – so als hätte eine Katze drangepinkelt. »Manchmal können dieselben Teilchen gleichzeitig an zwei verschiedenen Orten sein – so haben Wissenschaftler rausgekriegt, dass Paralleluniversen existieren könnten.«

Alba legt die Stirn in Falten und bedenkt mich mit demselben Blick, den Dad immer Journalisten zuwirft, wenn sie ihn unterbrechen, um eine echt dumme Frage zu stellen.

»Das war nicht, was ich sagen wollte«, erklärt sie und schaut mich finster an.

Da sie gerade neben einigen Ehrfurcht einflößenden Werkzeugen sitzt, darunter ein Klauenhammer und eine besonders gefährlich aussehende Kneifzange, halte ich schnell meinen Mund und lasse sie weiter erklären.

»Das Abgefahrenste an der Quantenphysik«, sagt sie, »ist nicht, dass das gleiche Teilchen zur gleichen Zeit an zwei verschiedenen Orten sein kann, sondern dass zwei verschiedene Teilchen sich so verhalten können, als seien sie ein und dasselbe.«

»Was ist so besonders daran?«

»Wissenschaftler nennen das Quantenverschränkung«, erklärt Alba. »Wenn sich zwei Teilchen auf komische Weise zusammenfügen. Alles, was man über das eine Teilchen herausfindet, gilt auch für das andere Teilchen, ganz egal, wo es sich befindet. Du kannst diese beiden Teilchen jeweils an das entgegengesetzte Ende des Universums bringen, aber sie bleiben miteinander verbunden. Wenn du herausfindest, dass das eine Teilchen sich dreht, heißt das, dass das andere Teilchen sich genauso dreht – auch am anderen Ende des Universums. Es ist, als würde eine telepathische Verbindung zwischen den verschränkten Teilchen bestehen, die sie schneller als das Licht kommunizieren lässt.«

Ich muss Alba einfach unterbrechen.

»Das ist unmöglich«, sage ich, weil mir etwas einfällt, das ich in einer von Dads Sendungen gelernt habe. »Albert Einstein hat gesagt, dass gar nichts schneller ist als das Licht –

nicht mal verrückte telepathische Teilchen, die sich gleichzeitig drehen. Das ist gegen die Gesetze der Wissenschaft.«

»Nicht, wenn es nach der Quantenphysik geht«, antwortet Alba. »Die Teilchen teilen denselben Quantenzustand – obwohl sie Milliarden von Lichtjahren voneinander entfernt sind. Albert Einstein hat es ›spukhafte Aktion in der Ferne‹ genannt, weil er es so unglaublich abgefahren fand, aber Wissenschaftler haben experimentell bewiesen, dass die Quantenverschränkung wirklich existiert.«

Am Ende von Albas Erklärung bin ich verwirrter als am Anfang. Mein Hirn schmerzt. Quantenphysik macht mir Kopfweh. Es ist an der Zeit, auf den Punkt zu kommen.

»Und wie soll mir das helfen, Mum zu finden?«

»Verstehst du denn nicht?«, sagt Alba und klingt mit jeder Minute mehr wie Dad. »Wenn verschränkte Teilchen an entgegengesetzten Enden des Universums miteinander in Verbindung bleiben können, warum dann nicht auch von Paralleluniversum zu Paralleluniversum?«

Sie nimmt die Zange von der Werkbank, und einen Moment lang fürchte ich, dass sie ein paar Reparaturarbeiten an mir vornehmen will, weil ich sie ständig unterbrochen habe, aber stattdessen wedelt sie damit in der Luft herum.

»Die Teilchen in dieser Zange müssen mit den Teilchen der gleichen Zange in einem anderen Paralleluniversum verschränkt sein. Wenn du diese andere Zange findest, brauchst du nur einen Quanten-Blick darauf werfen, und sie wird dir verraten, was du wissen musst. Um Mum zu finden, brauchen wir etwas, das sie jeden Tag getragen hat – etwas, das ihr wichtig war, ein Ring oder eine Halskette zum Beispiel. Das werden wir brauchen, um das Paralleluniversum zu finden, in dem sie es immer noch trägt. Die Welt, in der sie noch am Leben ist.«

In meinem Herzen leuchtet ein winziger Hoffnungsfunken auf. Etwas, das ihr wichtig war ...

Ich krame tief in meiner Tasche und hole den Ammoniten heraus, den Mum und ich im Moor gefunden haben. Seine goldene Spirale schimmert im Halbdunkel, während Alba nach Luft ringt, weil sie ihn erkennt.

»Dad wollte daraus eine Halskette für Mum machen«, sage ich, »aber er ist nie dazu gekommen.«

»In diesem Universum schon«, sagt sie und berührt das Fossil, als könnte sie nicht glauben, dass es echt ist. »Mum hat die Halskette jeden Tag getragen. Aber nach seinem Tod hat Dad Mums ganzen Schmuck fortgegeben. Er hat gesagt, es sei zu schmerzhaft, ihn rumliegen zu sehen, ohne dass Mum ihn trägt.« Alba wischt sich eine Träne aus dem Augenwinkel. »Ich wünschte, er hätte sie für mich aufbewahrt.«

Ich mustere das hundert Millionen Jahre alte Fossil auf meiner Handfläche. Irgendwie fühlt es sich jetzt sogar noch wertvoller an, aber ich bin auch ein bisschen neidisch auf Alba. Mein Dad war zu beschäftigt mit seiner Sendung, um Mum ihre Halskette machen zu lassen, aber in dieser Parallelwelt hat er Zeit dafür gefunden.

Was habe ich noch verpasst? Vielleicht wurde ich im falschen Universum geboren? Es ist an der Zeit, das richtige zu finden. Ich halte den Ammoniten fester.

»Was machen wir jetzt also damit?«

Alba greift nach etwas, das wie eine mit Drähten, Kabeln und Klebeband bestückte Thermosflasche aussieht.

»Wir legen sie hier rein.«

»Was ist das?«, frage ich. Ehrlich gesagt bin ich mir nicht sicher, wie ein Fossil in einer Hightech-Thermosflasche mir helfen sollte, meine Mum zu finden.

»Das ist ein Quantenverschränker«, antwortet Alba. »Ich habe ihn selbst gebaut. Er kann den Quantenzustand von jedem Teilchen ausrechnen, das man hineinlegt.« Sie nimmt das USB-Kabel, das vom Boden der Flasche baumelt. »Wenn wir das an Mums Quantencomputer anschließen, sollte er in der Lage sein, genau das Paralleluniversum anzuzeigen, in dem sich der andere Ammonit befindet, und da – drücken wir die Daumen – findest du dann die Mum, die die Halskette trägt.«

Ich muss grinsen. Wenn es stimmt, was Alba sagt, hat sie ein Quantennavi erfunden, das mich direkt zu Mum führt. Es mag überheblich klingen, wenn ich das sage, aber diese weibliche Version von mir ist echt genial.

»Wie ist aus dir nur so eine Intelligenzbestie geworden?«, frage ich.

»Du bist genauso intelligent wie ich«, sagt Alba mit einem Grinsen, unsere Lächeln passen haargenau zueinander. »Schließlich haben wir beide die Quanten-Bananen-Theorie erfunden. Jetzt müssen wir nur noch den Quantenverschränker anschließen. Dann sollte es klappen.«

»Worauf warten wir noch?«, frage ich. Ich konnte kaum abwarten herauszufinden, ob es wirklich funktioniert. »Lass uns verschränken!«

Während wir an der Durchführung des Experiments arbeiten, kriege ich langsam eine Vorstellung davon, wie es wäre, eine Schwester oder einen Bruder zu haben. Da ich nach meiner Geburt gesundheitliche Probleme hatte, hatten Mum und Dad beschlossen, nicht noch ein Baby zu bekommen. Mir hat das nichts ausgemacht. Mum war immer für mich da – hat geniale Spiele erfunden, Antworten auf alle meine Fragen gewusst und mir das Gefühl gegeben, nie allein zu sein. Aber jetzt habe ich niemanden – abgesehen von Dad, der nie da ist.

Als Alba den Deckel der Flasche abschraubt und das Fossil hineinlegt, stelle ich mir vor, wie lustig es wäre, eine Schwester zu haben – eine, mit der man abhängt und die aufpasst, falls mal was schiefgeht. Alba schraubt den Deckel wieder zu. Eine, die ihren Quantenverschränker mit mir teilen würde.

»Versuchen wir es«, sagt sie und sieht mich aufgeregt an.

Ich stecke das USB-Kabel des Quantenverschränkers in Mums Quantencomputer. Ich benutze den freien Port gleich neben dem, an den ich den Geigerzähler angeschlossen habe. Dann drücke ich mit klopfendem Herzen den Einschaltknopf.

Der Bildschirm des Laptops leuchtet gleich auf, und ich sehe einen Strom von Zahlen ineinanderfließen – eine endlose Datenlawine. Ich drehe mich zu Alba um, sehe ihr im Widerschein der Zahlen leuchtendes Gesicht.

»Es funktioniert«, sagt sie und klingt dabei fast so, als könnte sie es selbst nicht glauben.

»Aber wie?«, frage ich. »Diese Daten kommen von dem CERN in meinem Universum. Wie kann der Laptop immer noch mit seinem Netz verbunden sein?«

»Das ist ein Quantencomputer«, sagt Alba. »Er funktioniert, indem er Kopien von sich selbst in anderen Paralleluniversen verwendet, um die Daten zu verarbeiten. Deshalb ist er so leistungsstark. Er ist nicht nur mit dem Grid in deinem Universum verbunden, sondern in jedem Paralleluniversum ...«

Albas Erklärung wird von einer Stimme draußen unterbrochen. »Alba, bist du da drin?«

Das ist Grandad Joe.

Alba und ich wechseln einen panischen Blick. Unmöglich Grandad zu erklären, was wir hier machen. Keine Zeit zu reden, und es gibt auch nur einen einzigen Ort, an dem man sich verstecken kann. Ich schnappe mir den Laptop und krieche in den geretteten Karton, während Alba auf Zeit spielt.

»Komme gleich, Grandad«, ruft sie. »Ich sortiere nur schnell noch den Müll.«

Während ich mich auf den Boden des Kartons kauere und den Katzengeruch zu ignorieren versuche, zischt Alba mir zu: »Albie.«

Ich sehe auf. Sie hält mir die Banane hin, die sie aus dem Müll gerettet hat. Die gelbe Schale ist überall mit braunen Flecken übersät. Diese Banane würde wohl keinen Schönheitspreis mehr gewinnen. Aber sie ist das Teil, das mir noch fehlt, damit das Experiment funktioniert.

»Danke«, sage ich und greife nach ihr. Ich lege die Banane neben den Geigerzähler in der Ecke des Kartons. Dann sehe ich noch einmal zu Alba hoch. »Für alles.«

»Viel Glück«, sagt sie und beißt sich auf die Unterlippe, um nicht loszuheulen.

Ich spüre, wie sich auch meine Augen mit Tränen füllen. Es ist nur noch Zeit für eine letzte Frage.

»Wenn ich Mum wiederfinde, was soll ich tun?«

»Sag ihr, dass ich sie liebe«, sagt sie.

Dann schließt sie den Deckel über meinem Kopf und lässt mich allein in der Dunkelheit zurück.

Der Bildschirm des Laptops leuchtet grün, die flackernden Nullen und Einsen errechnen den Quantenzustand des Fossils im Quantenverschränker. Ich höre, wie draußen die Tür des Schuppens geöffnet wird – und Grandad Joes Stimme. Aber noch bevor ich mitkriege, was er sagt, klickt der Geigerzähler, das Universum erschauert und dann wird es still.

Es ist wieder passiert.

Ich wische mir eine Träne aus dem Auge und hole tief Luft, bevor ich den Deckel des Kartons aufstoße. Wird Mum diesmal da draußen auf mich warten?

14.

Ich hebe den Deckel des Kartons an und weiß sofort, dass etwas nicht stimmt. Als ich vor ein paar Sekunden in einem anderen Universum in den Karton gestiegen bin, war die einzige Lichtquelle eine einsame Glühbirne über uns, aber jetzt strahlt helles Sonnenlicht durch das Werkstattfenster. Es ist fast so, als wäre ich auch in der Zeit vorwärts gereist, als hätte ich beim Wechsel vom einen Universum zum nächsten die Nacht übersprungen.

Nervös klettere ich aus dem Karton, unsicher, was für Veränderungen sonst noch auf mich warten.

Die Schuppentür steht offen, und als ich mich umsehe und meinen Dad an der Werkbank sitzen sehe, falle ich vor Schreck fast zurück in den Karton. Er sieht in die andere Richtung, als er mit gebeugtem Kopf eine Kette durch den Ammoniten fädelt. Für den Bruchteil einer Sekunde glaube ich zu Hause in meinem eigenen Universum zu sein, aber dann bemerke ich, dass das Fossil aus meiner Welt sich immer noch im Quantenverschränker befindet.

In meinem Universum hat Dad es nie geschafft, diese Halskette zu machen, aber es hat ganz den Anschein, als hätte ich eines gefunden, in dem er es tut, und das muss bedeuten, dass Mum noch lebt.

»Albie!«, sagt Dad und lässt vor Überraschung die Zange fallen, als er mich sieht. »Ich habe dich noch nicht mal hereinkommen hören.« Dann schüttelt er verwirrt den Kopf. »Solltest du nicht erst morgen zurückkommen? Ich hätte dich von der Schule abgeholt, wenn ich gewusst hätte, dass du früher kommst. Wie war die Klassenfahrt? Hat dir London gefallen? Wie war es im Naturkundemuseum?«

Hier haben wir noch einen Beweis, dass es sich nicht um mein Universum handelt. Ich bin noch nie in London im Naturkundemuseum gewesen.

Dad starrt mich immer noch erwartungsvoll an, also stoße ich das erste Wort aus, das mir in den Sinn kommt.

»Dinosaurier.«

»Dino...was?«, sagt Dad und runzelt verblüfft die Stirn. »Ich glaube nicht, dass ich das Wort schon mal gehört habe. Ist das etwas, das ihr in der Schule durchnehmt?«

Schnell wechsele ich das Thema.

»Was machst du hier drin?«, frage ich ihn. »Musst du heute nicht unten im Labor arbeiten?«

Dad schüttelt den Kopf.

»Du weißt doch, dass ich jetzt nur drei Tage die Woche arbeite – so wie alle anderen auch. Es ist nicht mehr viel Kohle übrig, die wir abbauen könnten.« Er schaut auf das Fossil in seiner Hand, die herabbaumelnde Kette ist immer noch nicht befestigt. »Also dachte ich, dass ich stattdessen hiermit weitermache.«

Jetzt bin ich ernsthaft verwirrt. Dad redet, als wäre er Bergarbeiter und kein berühmter Wissenschaftler. Aber das Einzige, was mich wirklich interessiert, liegt auf seiner Handfläche.

»Du machst Mums Halskette«, sage ich.

Dad fährt mit dem Finger über das spiralförmige Fossil, der Ammonit funkelt golden im Sonnenlicht.

»Ja«, sagt er und nickt nachdenklich. »Besser spät als nie, dachte ich.«

Ich kann meine Aufregung nicht mehr verbergen.

»Kann ich dabei sein, wenn du sie ihr gibst?«

Ich sehe Schmerz in Dads Augen aufblitzen, aber er versucht, ihn schnell zu verbergen.

»Gute Idee«, sagt er und ringt sich ein Lächeln ab. Er befestigt den Verschluss und lässt die Halskette dann in seine Tasche gleiten. »Ist eine Weile her, dass wir sie zusammen besucht haben.«

Es ist ein sonniger Tag, aber ich kriege die Kälte nicht aus den Knochen, als ich auf den Grabstein starre.

IN LIEBEVOLLER ERINNERUNG AN CHARLOTTE ELIZABETH BRIGHT

Dad hängt die Kette um den Hals des Engels, der über den Stein wacht. Noch ein dämliches Universum, in dem Mum tot ist, und ich weiß noch nicht einmal, warum. Krebs. Autounfall. Ich bringe es nicht über mich nachzufragen. Ich hatte gedacht, diesmal würde es anders sein. Ich beiße mir auf die Lippe, aber ich kann die Tränen nicht mehr zurückhalten.

»Es ist okay«, sagt Dad und legt den Arm um meine Schultern. »Ich vermisse sie auch. Deshalb wollte ich auch die Halskette für sie fertig machen – nach all den Jahren. Als ich daran gearbeitet habe, habe ich einen Moment lang ganz vergessen, dass sie nicht mehr da ist.«

Er holt ein Taschentuch aus seiner Hose und drückt es mir in die Hand.

»Es ist nicht fair«, schniefe ich und putze mir geräuschvoll die Nase.

»Ich weiß, dass es nicht fair ist«, sagt Dad, »aber solange wir zusammenhalten, so wie sie gesagt hat, wird alles gut.«

Ein kalter Wind kommt vom Moor herüber und weht über den Friedhof. Ich zittere, als der Schatten der Turmspitze von St. Thomas näher an den Grabstein rückt.

»Ich habe mich so verloren gefühlt, als deine Mum starb«, fährt Dad fort und drückt mich fester an sich, um mich vor der Kälte zu schützen. »Ich wollte nur noch jeden Tag, jede Stunde arbeiten und vergessen. Damals war natürlich noch genug Kohle in der Mine. Aber dann hast du mir geholfen, den Tatsachen ins Gesicht zu sehen, Albie. Von dir habe ich gelernt, dass das Leben immer noch lebenswert ist – sogar ohne deine Mum.«

Ich schaue zu Dad auf und sehe die Tränen in seinen Augen schimmern.

»Klassenbester, intelligent wie deine Mum. Sie wäre so stolz auf dich, Albie. So stolz wie ich.«

Ich weiß nicht, was ich sagen soll. Ich bin nicht der Albie, für den er mich hält. Aber für den Augenblick, mit seinem Arm um meiner Schulter, lasse ich das einfach so stehen.

Der Wind wird jetzt stärker und rüttelt an den Blumen, die Dad auf Mums Grab gelegt hat.

»Es zieht ein ordentlicher Wind auf«, sagt er und lässt den Blick über das Moor schweifen. »Wie wäre es, wenn wir zurück zur Werkstatt gehen und den Drachen bauen, den ich dir versprochen habe?«

Zurück im Schuppen, zeigt mir Dad, wie man einen Drachen macht. Er nimmt zwei lange Stäbe, und ich helfe ihm, sie in Form eines Kreuzes zusammenzukleben. Dad wickelt zur Verstärkung ein Stück Schnur um die Mitte und fädelt ein anderes Stück durch die Kerben am Ende der Stäbe, um einen Rahmen für den Drachen zu bauen. Dann kramen wir alte Zeitungen aus dem Müll, mit denen wir den Rahmen verkleiden.

Während wir die Zeitungen ankleben, lese ich ein paar der Schlagzeilen auf der ersten Seite. ENERGIEKRISE. KOLLAPS OHNE KOHLE. STROMAUSFÄLLE LEGEN ALLES LAHM. Sieht nicht so aus, als würde es in diesem Paralleluniversum besonders gut laufen. Vielleicht meinte Dad das, als er sagte, dass er nur drei Tage die Woche arbeitet. Aber ich habe keine

Zeit mehr, das herauszufinden, weil Dad jetzt ein Knäuel aus Schnur am Rahmen befestigt.

»Ich denke, er ist fertig«, sagt er und hält den Zeitungsdrachen hoch. »Gehen wir ins Moor und machen einen Testflug.«

Selbst als ich den Drachen den Hügel hochtrage, zerrt der Wind an ihm. Während wir gehen, stellt Dad mir alle möglichen Fragen. Wie der Schulausflug war, wie es mit meinen Freunden läuft, was ich am Wochenende unternehmen will.

In meinem Kopf dreht sich alles. Ich habe keine Ahnung, was der Albie in diesem Universum antworten würde. Er ist immer noch mit seiner Klasse in London, und ich habe das Gefühl, als würde ich mir seinen Dad für einen Tag ausleihen. Tief in mir drinnen aber wünsche ich mir allmählich, ich könnte bleiben.

Oben auf dem Hügel halte ich die Schnur, und Dad läuft, um den Drachen in die Luft zu bringen. Sobald er loslässt, steigt der Drachen auf wie ein Zeitungsflugzeug. Als er sich dreht, wendet und reißt, lasse ich ihm schnell mehr Schnur, und der Drachen fliegt mit jedem Windstoß, der über das Moor fegt, höher. Ich kann die Kirche des Heiligen Thomas von hier aus sehen, und Dad stellt sich neben mich und sieht zu, wie der Drachen über die Kirchturmspitze fliegt.

»Halt gut fest, Albie«, sagt er und hält sich die Hand vor die Augen, um sie vor der Sonne zu schützen. »Nie loslassen.«

Und ich denke an Mum und dass Loslassen das Einzige ist, das ich nie tun werde.

Ich sitze in der Küche und sehe Dad zu, wie er uns Käsetoast macht.

Ich bin müde, aber glücklich. Nachdem wir ein, zwei Stunden lang den Drachen haben steigen lassen, sind wir zurück in die Werkstatt gegangen, wo Dad beschlossen hat, einen originalgroßen Transformator aus Pappkartons zu bauen, den wir in ein Auto, einen Roboter und in ein Flugzeug verwandelt haben – und wieder zurück. Er hat sogar einen altmodischen Camcorder hervorgekramt und den Rest des Nachmittags haben wir damit verbracht, einen Film zu drehen, in dem ich den Planeten Erde vor bösen Robotern gerettet habe.

Keine Sorge, den Pappkarton mit dem Quanten-Bananen-Experiment habe ich vorher in Sicherheit gebracht. Ich habe Dad gebeten, ihn mit mir in mein Zimmer zu tragen, und ihm erzählt, dass es ein Projekt für die Schule wäre. Er hat gefragt, ob er mir dabei helfen könne, aber es kam mir ein bisschen verrückt vor, ausgerechnet meinem Dad Quantenphysik zu erklären.

Die ganze Zeit, die wir zusammen waren, haben wir geredet – Dad hat all meine Fragen beantwortet, genauso wie früher Mum. Ich hatte noch nie so viel Spaß mit ihm. Es ist, als ob er in diesem Universum eine Persönlichkeitstransplantation gehabt hätte und das Hirn mit dem Dad aus dem Buch von Miss Forest getauscht – *Danny oder Die Fasanenjagd*.

Jetzt, wo das Licht hinter dem Küchenfenster schwindet, schiebt Dad den Käsetoast auf zwei Teller, meinen mit geschmolzenem Käse und vegetarischer Würzpaste, genau, wie ich ihn mag.

»Du bist so still, Albie«, sagt er und trägt die Teller zum Küchentisch. »Woran denkst du?«

Das ist der Moment, in dem ich beschließe, mir keine Gedanken mehr zu machen, was der Albie in diesem Universum dazu sagen würde, und erzähle Dad alles. Dass Wesley MacNamara mir immer auf genau dieselbe Stelle meines Arms haut, sodass es jedes Mal ein bisschen mehr weh tut. Dass Victoria Barnes mich Vollpfosten nennt, dass mein bester Freund Kiran irgendwas als Erster in den Weltraum schicken will, aber nicht weiß, was dieses Irgendwas sein soll. Und während wir unseren Käsetoast essen, hört Dad mir einfach zu und stellt mir dann und wann Fragen, bevor er etwas sagt, das einem das Gefühl gibt, dass alles gut ist.

Gerade will ich ihm erzählen, dass ich in Wirklichkeit ein Albie aus einem Paralleluniversum bin, dass ich schon meinem bösen Zwilling und einer weiblichen Version von mir begegnet bin und dass ich hoffe, mit Quantenphysik Mum wiederzufinden, es aber einfach nicht hinkriege. Doch bevor ich loslegen kann, gehen alle Lichter aus.

15

»Ist der Strom ausgefallen?«, frage ich.

Ich höre Dad in der Küchenschublade kramen. Er sucht etwas. Dann glimmt der Funken eines Streichholzes auf.

»Allmählich solltest du dich an die Nachtsperre gewöhnt haben, Albie«, sagt Dad, zündet eine Kerze an und trägt sie zum Tisch. »Wegen der Kohleknappheit rationiert die Regierung immer noch den Strom. Vielleicht lassen sie ja in London das Licht länger brennen, aber hier oben gehen die Lampen immer noch jeden Abend um neun aus. Ganz egal, ob man mit seinem Käsetoast fertig ist oder nicht.«

Dad stellt die Kerze zwischen uns auf den Tisch und nimmt sich sein letztes Stück Toast. Im orangefarbenen Kerzenlicht sehe ich sein besorgtes Gesicht.

»Alles in Ordnung mit dir, Albie?«, fragt er. »Du hast dir in London doch nicht etwa den Kopf gestoßen, oder?«

Ich schüttele den Kopf, könnte mir aber insgeheim in den Hintern treten. Seit ich zum ersten Mal in den Karton gekrochen bin, habe ich mich nicht mehr so zu Hause gefühlt wie jetzt. Ich weiß, dass Mum auch in diesem Universum fort ist, aber Dad macht den Verlust, so gut er kann, wett. Und da verrate ich mich beinahe mit einer dummen Frage. Ich muss unbedingt besser aufpassen.

»Mir geht es gut, Dad«, sage ich schnell. »Ich könnte nur etwas frische Luft gebrauchen.«

Dad sieht aus dem Fenster. Der Himmel ist jetzt schwarz und die Sterne funkeln.

»Wie wäre es, wenn wir das Teleskop rausholen?«, sagt er und räumt die Teller ab. »Die Monde sollten bald rauskommen.«

Während Dad das Teleskop auf der Veranda aufstellt, kuschele ich mich in mein Fleece – das Fleece des Albies aus diesem Universum, will ich sagen. Der Wind kommt immer noch vom Moor und lässt mich frösteln.

Hinter mir liegt das Haus im Dunkeln. Kein Strom bis morgen früh. Ich weiß, ich sollte den Mund halten, aber die Schlagzeilen, die ich gelesen habe, und das, was Dad gesagt hat, gehen mir nicht mehr aus dem Kopf.

»Dad«, sage ich. »Was passiert, wenn es keine Kohle mehr gibt?«

Dad sieht vom Teleskop auf, sein Gesicht liegt halb im Schatten.

»Dann muss ich mir einen anderen Job suchen«, sagt er grinsend. »Bergbau macht keinen Sinn, wenn man nichts mehr fördern kann.«

»Aber du bist doch Wissenschaftler«, sage ich.

»Ich wünschte, es wäre so«, sagt Dad und lacht. »Du redest heute komisches Zeug, Albie. Ich bin Bergarbeiter. Genau wie dein Grandad Joe – bis zu seinem Tod.«

Die letzten Worte sind wie ein Schlag in die Magengrube. Ich habe mich schon gewundert, wo Grandad Joe wohl in diesem Universum steckt, aber es gab noch keine Gelegenheit, mich zu erkundigen. Er ist fort, genau wie Mum, und das Universum schrumpft noch ein bisschen mehr zusammen.

Ich hatte gedacht, die Quantenphysik würde mir helfen, alles wieder in Ordnung zu bringen, doch stattdessen scheint sie mir die Menschen, die ich liebe, nur wieder und wieder wegzunehmen. Ich beiße mir auf die Unterlippe, um nicht loszuheulen.

»Mach dir keine Sorgen, Albie«, sagt Dad, der meinen Gesichtsausdruck bemerkt. »Die Regierung wird schon eine Lösung finden. Seit das Öl vor ein paar Jahren versiegt ist, suchen ganze Teams von Wissenschaftlern nach neuen Energiequellen. Die Kohle wird noch ein paar Jahre reichen. Bis dahin müssen sie einfach einen Ersatz haben.«

In einem anderen Universum hat Dad die Kalte Fusion erfunden – unbegrenzte Energie gratis –, in diesem sitzt er einfach im Dunkeln.

»Schau mal«, sagt Dad und zeigt zum Himmel hinauf, während ein seltsames Licht sein Gesicht erhellt. »Die Monde sind rausgekommen.«

Die Wolken reißen auf, und als ich zum Nachthimmel aufsehe, traue ich meinen Augen nicht. Am Himmel sind zwei Vollmonde erschienen, stehen dort Seite an Seite. Ich kneife die Augen zu, glaube zuerst, dass ich doppelt sehe, aber als ich sie wieder aufmache, sind beide Monde immer noch da. Die Worte aus dem Buch meines Dads kommen mir in den Sinn. *Eine winzige Veränderung …*

»Zwei Monde«, flüstere ich.

»Jeden Abend dasselbe«, grinst Dad. »Lass uns mal schauen, ob wir erkennen können, wo Armstrong und Gagarin gelandet sind.«

Wir sehen durch das Teleskop und Dad erklärt mir die Geografie von Mond Eins und Mond Zwei. Er deutet auf den See der Einsamkeit und den Ozean der Stürme, das Apenninen-Gebirge und den Krater Fra Mauro, wo, behauptet Dad, Apollo 13 gelandet ist. Die Ebenen und Täler, Krater und Berge auf Mond Eins kommen mir alle vertraut vor. Nach dem zu urteilen, was ich sehen kann, ist Mond Eins ein perfekter Zwilling des Mondes, den ich jeden Abend zusammen mit Mum angestaunt habe, bevor sie gestorben ist.

Mond Zwei allerdings hat eine seltsam blaugraue Tönung, und als ich durch das Teleskop sehe, habe ich das Gefühl, eine ganz neue Welt zu erkunden. Dad deutet auf den Ozean der Unsicherheit, wo, so sagt er, Yuri Gagarin mit dem Lunar 3 Lander aufgesetzt ist. Er zeigt mir den Honigsee, der vom Heisenberg-Gebirge umringt ist, und mittendrin den gewaltigen Krater Everett, der wie ein gigantisches Auge auf uns herabsieht. Auf diesem zweiten Mond scheint alles anders zu sein, die ungewohnten Schatten verleihen dem Mann im Mond ein sonderbar fremdes Gesicht.

Wir sitzen zusammen auf den Stufen der Veranda unter den beiden Monden und schlürfen Kakao, den Dad auf dem Campingkocher aufgewärmt hat. Neben Dad fühle ich mich endlich zu Hause, aber wann immer ich in den Himmel schaue, leuchtet dort der Beweis, dass das nicht stimmt.

»Weißt du«, sagt Dad und nimmt einen Schluck Kakao, »ich glaube, deine Mum hätte diese Energiekrise inzwischen gelöst. Sie hatte immer fantastische Ideen. Als du ein Baby warst, sind wir zusammen im Moor spazieren gegangen, damit du einschläfst, und haben uns darüber unterhalten, was wir tun könnten, falls die Kohle mal versiegt. Du saßest in deinem Buggy, deine kleine Spielzeugwindmühle drehte sich wie wild im Wind, und deine Mum und ich haben all diese verrückten Pläne geschmiedet. Einmal hatte ich die Idee, eine Reihe von Windmühlen zu bauen, die sich über das ganze Moor erstrecken. Ich dachte, wir könnten die Windkraft nutzen, um sämtliche Energie zu erzeugen, die Clackthorpe für seine Stromversorgung braucht. Ich weiß, das klingt nach Wunschdenken, aber deine Mum hat damals geglaubt, dass es funktionieren könnte.« Dad trinkt seinen Kakao aus und seufzt. »Aber dann ist sie krank geworden, und wir hatten keine Zeit mehr, verrückten Träumen nachzujagen.«

Ich sehe zu Dad auf und das Licht der Zwillingsmonde spiegelt sich in seinen traurigen Augen, während er einfach in die Dunkelheit starrt. In einer anderen Welt ist er Wissenschaftler. In einem anderen Universum hat er die Welt gerettet. Und jetzt hat er die Möglichkeit, hier das Gleiche zu tun.

»Warum versuchst du es nicht einfach jetzt?«, frage ich.

Dad starrt mich überrascht an und lacht dann laut. In seinen Augen sehe ich den gleichen Blick, den Dad in meinem Universum hat, wenn er im Fernsehen eines seiner irren Experimente ausprobiert.

»In Ordnung«, sagt er mit einem Grinsen. »Legen wir los.«

Wir machen uns in der mit Kerzen und Laternen beleuchteten Werkstatt an die Arbeit. Dad hat die Lichtmaschine aus Grandad Joes altem Ford Ka ausgebaut, und jetzt liegt sie auf der Werkbank und wartet darauf, in einen Windgenerator verwandelt zu werden. Ich bin damit beschäftigt, das Hinterrad und die Reifen von »meinem« Fahrrad abzumontieren und hoffe, dass es dem Albie in diesem Universum später nichts ausmacht.

Dad schraubt auf der Werkbank die Windmühlenblätter zusammen, die er aus der Jalousie in der Küche gebastelt hat. Er hat sie auf die richtige Größe zugeschnitten, dann die Lamellen zusammengedreht und -geschraubt, um jedem Windmühlenflügel mehr Halt zu verleihen. Als er mit allem fertig ist, hilft er mir mit dem Hinterrad und hebt es auf die Werkbank, damit er die Windmühlenflügel daran befestigen kann.

»Du glaubst also wirklich, dass das funktioniert?«, fragt er mich.

Ich nicke aufgeregt, während Dad anfängt, jeden einzelnen Flügel mit einem Bolzen am Hinterrad anzuschrauben.

»Es ist die Energie der Zukunft«, sage ich und denke an die Windkraftanlagen, die sich in meinem Universum über die

Moore erstrecken. »Und das Beste ist, dass sie niemals versiegt.«

Die Uhr an der Schuppenwand zeigt beinahe Mitternacht. Ich glaube, ich habe seit bald vierundzwanzig Stunden nicht mehr geschlafen. Währenddessen bin ich in drei verschiedene Paralleluniversen gereist, habe unterschiedliche Varianten meiner selbst getroffen, ein elektronisch gesteuertes Schnabeltier gestohlen und ein paar Hüftschwünge alter Schule zum Besten gegeben. Das Komische aber ist, dass ich, als wir die Scheiben und das Getriebe des Windrades anbringen, überhaupt nicht müde bin.

Ich wollte immer nur, dass Dad aufhört um die Welt zu reisen und mehr Zeit mit mir verbringt. Ich wollte keinen Teilzeit-Dad, sondern einen richtigen, einen, der da ist, wenn ich ihn brauche. Einen Dad, der mir zuhört, so wie Mum es getan hat. Und jetzt, in dieser Welt, in der zwei Monde am Himmel stehen, habe ich endlich bekommen, was ich will.

Ich sehe zum Schuppendach hinauf, wo Dad unser selbst gemachtes Windrad angebracht hat. Die Umrisse der Windmühlenflügel und des Rades zeichnen sich vor der blaugrauen Scheibe von Mond Zwei ab. Es setzt sich langsam in Bewegung.

»Fertig?«, fragt Dad.

Ich nicke, während er die Hand ausstreckt, um einen Schalter umzulegen. Als sich die Windmühlenblätter drehen und das Rad zu wirbeln beginnt, leuchten plötzlich die bunten Lichter, auf, die wir überall im Garten aufgehängt haben. Sie machen die Nacht zum Tage.

»Es funktioniert«, ruft Dad und schüttelt verwundert den Kopf. »Deine Mum hat immer gesagt, dass es klappen würde. Mit genügend Windrädern könnten wir das ganze Dorf mit Strom versorgen. Vielleicht sogar die ganze Welt.« Er dreht sich grinsend zu mir um. »Wir haben es geschafft, Albie!«

Auf einmal bin ich unglaublich müde. Ich möchte Dad sagen, wie glücklich ich bin, aber aus meinem Mund kommt nur ein gewaltiges Gähnen.

»Na komm«, sagt Dad und legt mir den Arm um die Schulter. »Für heute Nacht haben wir lange genug die Welt gerettet. Lass uns ins Bett gehen.«

In der Ecke der Dachkammer entdecke ich meinen Pappkarton, unter der Dachschräge verstaut, das Quanten-Bananen-Experiment sicher darin versteckt. Ich hocke mich auf die Bettkante und kann kaum noch die Augen offen halten.

»Jetzt schlaf, Albie«, sagt Dad im Türrahmen. »Morgen ist Zeit genug, zu überlegen, was wir mit unserer Erfindung anfangen sollen. Vielleicht können wir nach London fahren und sie den Wissenschaftlern zeigen, die mit der Lösung der Energiekrise befasst sind. Wir erklären ihnen, dass wir vielleicht endlich eine Lösung gefunden haben.«

»Das klingt toll, Dad«, sage ich und kämpfe gegen ein Gähnen an. »Es war ein toller Tag.«

Dad lachelt.

»Deine Mum hatte recht«, sagt er. »Wenn wir zusammenhalten, schaffen wir alles.«

Dann schließt er leise die Tür und lässt mich in der Dunkelheit allein.

Einen Moment lang sitze ich einfach da und starre durchs Dachfenster die Zwillingsmonde an. Ich weiß, dass der Albie aus diesem Universum morgen von seiner Klassenfahrt zurückkommt. Ich sollte aufstehen und in meinen Pappkarton kriechen. Aber ich bin einfach zu müde und muss mich hinlegen. Ich muss mich nur eine Minute ausruhen ...

»Dad, ich bin zu Hause!«

Das Geräusch meiner eigenen Stimme, unten an der Treppe, reißt mich aus dem allertiefsten Schlaf. Einen Moment lang weiß ich nicht mal, wo ich bin. Dann sehe ich das Plakat des Sonnensystems über meinem Bett hängen – zwei Monde kreisen um die Erde.

Jetzt erinnere ich mich wieder. Das ist nicht mein Zimmer. Das ist nicht mein Universum.

Dads Antwort schwebt die Stufen hinauf.

»Albie«, ruft er, und ich höre die Überraschung in seiner Stimme. »Ich hatte nicht erwartet, dass du so früh aufstehst, nachdem wir so spät ins Bett gegangen sind. Ich war gerade draußen im Garten, um nach dem Windrad zu sehen. Es funktioniert immer noch.«

»Das Wind...was?«

Ich springe aus dem Bett auf und krabbele zum Pappkarton unter der Dachschräge. Ich kann nicht länger bleiben. Das da unten ist nicht mein Dad. Ich hatte ihn mir nur ausgeliehen.

Ich krieche in den Karton, ziehe die Knie bis an die Brust, damit ich hineinpasse und schließe die Klappen über mir. Mums Laptop in der Ecke arbeitet leise, verschwommene

Nullen und Einsen scrollen über den Bildschirm. Über die Tastatur ist eine Handvoll Federn verstreut, und ich vergewissere mich schnell, dass der Geigerzähler und der Quantenverschränker noch miteinander verbunden sind. Ich höre schon Schritte auf der Treppe.

Ich packe die Banane, spüre sie zwischen meinen Fingern hervorquellen. Im Supermarkt haben Bananen ein Mindesthaltbarkeitsdatum, ich bräuchte jetzt ihre radioaktive Halbwertzeit. Sobald ein einziges Atom in dieser Banane zerfällt, wird der Geigerzähler klicken und mich von hier fort bringen.

In jedem Paralleluniversum, in dem ich bisher war, war Mum nicht mehr da. Ich glaube nicht mehr, dass ich sie jemals wiederfinde. Aber dann erinnere ich mich an das, was Dad gestern zu mir gesagt hat.

Ich habe mich so verloren gefühlt, als deine Mum starb. Aber dann hast du mir geholfen, den Tatsachen ins Gesicht zu sehen, Albie. Von dir habe ich gelernt, dass das Leben immer noch lebenswert ist.

In meinem Universum fühlt sich Dad immer noch verloren, aber jetzt weiß ich, dass auch er mich braucht.

Ich halte die Banane an den Geigerzähler und bete, dass sie mich diesmal nach Hause zurückbringt.

KLICK

Das Universum erzittert und im Karton wird es dunkel.

16

Zuerst traue ich mich nicht, den Karton aufzumachen, aus lauter Angst vor dem, was da draußen auf mich warten könnte. Um Zeit zu schinden, greife ich nach Albas Quantenverschränker, schraube den Deckel von der Flasche und lasse den spiralförmigen Ammoniten auf meine Handfläche gleiten. Es war ein toller Plan, sage ich mir. Ein Jammer, dass er nicht funktioniert hat.

Ich hole tief Luft und drücke dann den Deckel auf. Alles ist dunkel. Die Quanten-Bananen-Theorie muss beim Sprung in dieses Universum mal wieder mit der Tageszeit getrickst haben. Aber als ich aus dem Karton krieche und mich umsehe, stelle ich fest, dass sie mich nicht nach Hause gebracht hat.

Das hier ist nicht mein Zimmer. Die Dachluke ist an der gleichen Stelle, aber es gibt kein Teleskop und auch keine Bücher- und Comicstapel auf dem Fußboden. Dann, als meine Augen sich an die Dunkelheit gewöhnt haben, fällt mir etwas an der Wand auf. Ich halte inne und starre darauf.

Es ist Paddington, der Bär, mit seinem roten Hut und

dem blauen Dufflecoat. Er sitzt auf einem Koffer und isst ein Marmeladenbrot. Tatsächlich sind da Dutzende von Paddingtons, überall an der Wand. Das ist die Tapete, die in meinem Kinderzimmer klebte, als ich noch ein Baby war. Ich drehe mich um. Wo mein Bett stehe sollte, steht jetzt ein weißes Gitterbettchen.

Einen Augenblick lang bin ich wie gelähmt – in meinem Hirn blitzen Fehlermeldungen auf, während ich mir einen Reim auf diesen Raum zu machen versuche. Dann höre ich Schritte auf der Treppe, die Tür geht auf und jemand tritt ins Zimmer.

»Wenn das wieder diese Katze ist …«

Es ist meine Mum.

Ich sehe sie eingerahmt vom Licht im Flur, ihr langes dunkles Haar ist genauso, wie es war, bevor sie krank wurde. Mum starrt ins Dunkel. Dahin, wo ich stehe.

»Ist da wer?«

Erst kann ich nicht glauben, dass ich sie endlich gefunden habe. Dann trete ich aus dem Schatten.

»Ich bin es – Albie.«

Mum starrt mich fassungslos an. Sie legt sich die Hand auf den Bauch, und als ich die Beule dort sehe, wird mir klar, dass sie schwanger ist. Dann werden Mums Knie weich, und ich stürze auf sie zu, um sie aufzufangen, damit sie nicht fällt.

»Das kann nicht …«, murmelt sie, während ich ihr in den Sessel neben der Tür helfe. Um den Hals trägt Mum die Ammoniten-Halskette. Sie schimmert im Halbdunkel. »Das kann nicht sein.«

Ich schüttele den Kopf.

»Nur wenn man das Unmögliche wagt, kann man herausfinden, was möglich ist. Das hast du mir beigebracht, Mum.«

Ich öffne meine Hand und zeige ihr, was ich darin habe. Auf meiner Handfläche schimmert der Ammonit golden – das Spiegelbild des Fossils an der Kette um ihren Hals.

Mum starrt ihn ungläubig an. Dann sieht sie verwundert zu mir auf.

»Du bist es«, flüstert sie und berührt mein Gesicht. »Ich konnte deine Augen nie vergessen.«

Eine Träne rollt über Mums Wange, und ich weiß nicht, warum sie traurig ist. Ich habe sie doch endlich gefunden.

»Aber wie?«, sagt sie. Sie stößt die Worte aus wie einen Seufzer.

Also erzähle ich ihr alles. Dass sie gestorben ist und Dad mir erzählt hat, dass es laut Quantenphysik ein Universum gibt, in dem sie noch lebt. Dass ich die Quanten-Bananen-Theorie erfunden habe, um sie wiederzufinden, den Kater der Nachbarin entführt habe und in parallele Welten gereist bin. Ich erzähle ihr auch von meinem bösen Zwilling und dass ich ein Schnabeltier stehlen musste. Ich erzähle ihr von Alba und dem Unfall und dass Alba mich gebeten hat, Mum zu sagen, dass sie sie liebt. Ich erzähle ihr, dass mein Dad ohne sie ganz verloren ist – genauso wie ich. Und sie hört mir zu und hält meine Hand, so wie sie es immer getan hat.

»Und wo sind jetzt meine Sachen?«, frage ich sie schließlich, als ich vom Erzählen schon ganz außer Atem bin. »Muss ich jetzt ausziehen, weil du ein neues Baby bekommst?«

Mum sieht mich mit Tränen in den Augen an.

»Das ist dein Zimmer«, sagt sie mit zitternder Stimme. »Du bist gestorben, als du noch ein Baby warst, Albie. Die Ärzte haben getan, was sie konnten, aber dein Herz war einfach nicht stark genug.«

Ich halte mich an Mums Hand fest, dennoch kommt es mir vor, als würde ich in ein Schwarzes Loch stürzen. In Dads Buch steht, dass sich ein Paralleluniversum in einem winzigen Punkt unterscheiden kann, und in diesem Universum bin dieser Punkt ich.

»Es hat mich und deinen Dad sehr hart getroffen«, sagt Mum und wischt sich eine Träne weg. »Jahrelang haben wir das Kinderzimmer so gelassen, wie es war. Wir konnten uns einfach nicht vorstellen, noch ein Baby zu bekommen. Ich habe dich nur kurz halten dürfen, aber ich habe gedacht, dass ich niemals wieder etwas so Schönes empfinden könnte. Und dann bin ich wieder schwanger geworden. Es wird ein kleines Mädchen.«

Ich beiße mir so fest auf die Unterlippe, dass sie fast blutet, aber ich muss trotzdem weinen.

Ich weiß nicht, ob ich wegen des Babys Albie weine, das nie die Chance hatte, groß zu werden, oder wegen meiner kleinen Schwester, die ich niemals kennenlernen kann. Vielleicht weine ich wegen Alba. Wegen Grandad Joe. Wegen meines bösen Zwillings. Vor allem aber weine ich wegen Mum.

Und Mum hält mich, solange ich weine, streichelt über mein Haar und sagt mir, dass sie da ist.

Ich schaue in ihr freundliches Gesicht. Es ist genauso, wie

ich es in Erinnerung behalten habe. Eine Frage muss ich ihr noch stellen.

»Glaubst du an den Himmel?«

Mum drückt zärtlich meinen Kopf an sich. Auf einmal kann ich die Dachluke sehen. Und ich sehe die Sterne dahinter. Leuchtende, winzige weiße Punkte in der Schwärze der Nacht.

»Vor Hunderten von Jahren haben die Menschen das Firmament Himmel getauft«, sagt sie zu mir und ihre Stimme ist eine warme Decke, in die ich mich kuscheln will. »Die Sonne und den Mond und die Abertausend Sterne, die sie sehen konnten. Die Milchstraße – da sind hundert Milliarden Sterne. Und da sind hundert Milliarden Galaxien im Universum. Jede Sekunde werden Tausende von neuen Sternen geboren und Tausende sterben auch. Und wenn diese Sterne in einer Supernova explodieren, verstreuen sie die Stoffe, aus denen alles gemacht ist – Wasserstoff, Helium, Sauerstoff und alles andere – im Universum, und neue Sterne und Planeten entstehen daraus und letzten Endes auch wir.« Mum sieht mit einem sanften Lächeln auf mich herab. »Da ist ein Stück Himmel in dir und da ist ein Stück Himmel in mir. Wir sind alle aus Sternenstaub gemacht.« Dann umarmt sie mich, und flüstert, während sie mich ganz fest hält, in mein Ohr: »Ich weiß, dass es einen Himmel gibt, Albie, weil der Himmel mir dieses Wiedersehen mit dir geschenkt hat.«

Ich halte Mum so fest ich kann. Ich möchte, dass diese Umarmung nie mehr aufhört, aber das muss sie.

Alles, was ich getan habe, habe ich getan, weil ich mir eine

Welt ohne meine Mum nicht vorstellen konnte, aber jetzt weiß ich, dass es noch jemanden gibt, der mich braucht.

»Ich muss gehen«, sage ich. Ich reibe mir die Augen. Ich stehe auf. »Ich muss zurück zu meinem Dad.«

Mum nickt langsam. Ihre Augen glänzen, weil sie weint.

»Mach's gut, Albie«, sagt sie. »Ich liebe dich.«

»Ich liebe dich auch, Mum. Für immer.«

Dann wende ich mich ab und krieche zurück in meinen Karton. Ich drehe mich nicht noch mal um, denn sonst könnte ich nicht mehr fortgehen. Als ich den Deckel über mir geschlossen habe, kauere ich mich auf den Boden der Kiste und meine Schultern zucken, weil ich gegen die Tränen ankämpfe. Und dann springt Dylan auf meinen Schoß.

Zuerst glaube ich, dass er mich kratzen will, aber stattdessen schnurrt er, und ich klammere mich an ihn, während sich der Laptop-Bildschirm mit verschwommenen Zahlen füllt. Ich weiß nicht mal, ob uns die Quanten-Bananen-Theorie überhaupt nach Hause bringen kann. Dad sagt, es könnte unendlich viele Paralleluniversen geben, aber wenigstens Dylan scheint darauf zu vertrauen, dass ich den Weg zurück schon kenne.

»Wir müssen nur darauf warten, dass ein Teilchen zerfällt«, flüstere ich in sein Ohr, sein warmes Fell an meinem Gesicht. »Dann werden wir sehen, wo wir diesmal landen.«

Und das ist der Moment, in dem Dylan beschließt, die Banane zu fressen. Kaum dass er einen Bissen genommen hat, fängt er an, echt komische Geräusche zu machen, so als würde er einen Haarball hochwürgen. Seine Krallen graben sich in meine Beine und sein Miauen klingt wie ein letztes Röcheln. Ich bin mit einem psychopathischen Kater in einem Karton gefangen, und es sieht ganz so aus, als würde er sich gleich zombiemäßig auf mich stürzen. Als seine Krallen endlich von mir ablassen, fällt Licht durch einen Spalt in den Karton. Aus Nacht ist wieder Tag geworden. Das Universum hat gewechselt, ohne dass ich es auch nur gemerkt hätte.

Ich weiß nicht, was mich draußen erwartet, aber Dylan will offenbar keine Zeit mit Überlegen verplempern. Er drückt den Deckel auf und schießt wie ein Springteufel nach oben.

»Was ist das?«

Ich spähe aus dem Karton und sehe meinen Dad im Türrahmen stehen. Dylan jagt zwischen seinen Beinen hindurch und geradewegs die Treppe runter.

Ich sehe mich vorsichtig um. Ich will ganz sichergehen, dass ich auch wirklich im richtigen Universum gelandet bin. Aber alles scheint an seinem Platz zu sein – mein Teleskop, meine Bücher, meine Comics – und als mein Blick auf das Plakat mit dem Sonnensystem über meinem Bett fällt, sind alle Planeten an der richtigen Stelle, und es gibt auch nur einen Mond. Sieht so aus, als wäre ich zu Hause.

Dylan muss, als er in die Banane gebissen hat, das Experiment abgekürzt haben. Die Quanten-Bananen-Theorie wurde auf null zurückgestellt und hat uns wieder in unser eigenes Universum katapultiert. Ich seufze erleichtert. Ich schulde diesem Kater ein Leckerli.

»Dein Grandad hat gesagt, dass du heute früher aus der Schule gekommen bist.«

Ich nicke und warte auf den üblichen Vortrag. Von wegen dass wir alle zur Normalität zurückkehren sollten und so.

»Ich bin auch früher gekommen«, sagt Dad, und dann sehe ich, wie sich seine Augen mit Tränen füllen, als er den Arm um mich legt. Ich weine jetzt auch, aber obwohl ich laut schluchze, kann ich Dad sagen hören, dass es wieder gut werden wird mit uns.

Auch wenn im Buch, das mir der Pfarrer gegeben hat, etwas von fünf Phasen der Trauer stand – ich glaube nicht, dass es irgendwelche Regeln gibt, die man befolgen muss, wenn man einen geliebten Menschen verloren hat. Man kann nur hoffen, dass man seinen eigenen Weg findet.

Dad zieht ein Taschentuch aus der Hose und drückt es mir in die Hand.

»Sieht so aus, als hätten wir heute beide früher Schluss gemacht«, sagt er und hält mich immer noch fest, während ich mir die Tränen aus dem Gesicht wische.

»Wie wär's, wenn wir die Gelegenheit nutzen und was unternehmen?«

Mum ist fort, aber Dad ist noch da und wir müssen weiterleben. Mum hat es so gewollt. Und genauso werden wir es machen.

17.

In der Schule drängen sich die Menschen. Die Wissenschaftsmesse hat begonnen. Die Tische sind wie für eine Klassenarbeit aufgestellt, aber langweilige Tests werden nicht geschrieben. Stattdessen sind unsere Projekte zu sehen: Olivie Applebys kartoffelbetriebene Uhr, Michael Bedfords Roboter-Rennfahrer und Meera Patels Seifenblasen aus Trockeneis. Meera pikt mit einer Stricknadel in jede der riesigen Blasen und lässt sie zu Rauch zerplatzen.

Alle Mums und Dads der Sechstklässler schreiten durch die Gänge und sehen echt stolz aus, während sie die Experimente begutachten. Eine kleine Menschenmenge hat sich um Victoria Barnes' Tisch versammelt, wo sie ihr Vesuv-Modell vorführt. Victoria gießt eine Flasche Essig in den Krater und tritt theatralisch zurück, als die Lava über den Kraterrand schäumt. Die orangerote Pampe quillt an den Hängen aus Papiermaschee herab, löscht das Lego-Pompeji aus und ertränkt sämtliche Spielzeugsoldaten und Plastiktiere. Alle klatschen, und Victoria sieht hochzufrieden aus. Bestimmt glaubt sie, sie hätte den ersten Preis schon in der Tasche. Aber Miss Benjamin schiebt alle nach draußen, Kiran, Dad und ich folgen ihr mit dem großen Ballon durch die Doppeltüren hinaus auf den Schulhof.

Wesley MacNamara grinst freundlich, als ich an seinem Tisch vorbeigehe. Er steht vor einem selbst gemachten Plakat, auf dem »SCHNABELTIER – AUSSERIRDISCH ODER NICHT?« zu lesen steht. In einem leeren Aquarium auf seinem Tisch hockt das ausgestopfte Schnabeltier. Dad hat das Museum für Naturgeschichte und Mechanische Wunder überzeugt, es der Schule für die Dauer der Wissenschaftsmesse zu leihen.

Der Rest der Schule wartet draußen auf dem Hof. Alle stehen in Reih und Glied bei ihrem Lehrer. Das große Finale der Wissenschaftsmesse beginnt. Alle sind ganz aufgeregt, weil sie den Promi aus dem Fernsehen zu Gesicht kriegen – auch bekannt als mein Dad. Ein paar von den Kleinen allerdings wirken ein bisschen enttäuscht, weil er kein Star aus dem Kinderkanal ist.

Kiran ist Dads Rat gefolgt und hat die Idee, seinen Pony-Ballon ins All zu schicken, verworfen. Stattdessen verwenden wir einen Höhenwetterballon, den wir uns aus der Requisite von Dads Sendung besorgt haben. Unterhalb des Ballons haben wir Albas Quantenverschränker befestigt, in den ich Mums Asche gefüllt habe.

»Tut mir leid, dass wir nicht die Ersten sind, die Asche ins Weltall schicken«, sage zu ich Kiran, als wir die Mitte des Schulhofs erreicht haben. »Der Typ vom Raumschiff Enterprise war schneller als wir.«

Kiran schüttelt den Kopf. Wir schauen in den strahlend blauen Himmel.

»Deine Mum wird die erste Nobelpreis-Gewinnerin im Weltall sein«, sagt er. »Sie war ein wissenschaftliches Genie. Das haben sie im Fernsehen gesagt.«

Seit ich Mums Laptop für das Quanten-Bananen-Experiment verwendet habe, sind alle Daten via Grid zurück zum CERN geschickt worden. Als die Wissenschaftler sie dort ausgelesen haben, haben sie ziemlich verrücktgespielt. Die Daten würden womöglich beweisen, dass es Paralleluniversen gibt, hieß es. Und auch wenn das noch nie vorgekommen ist: Manche Leute glauben jetzt, dass Mum den Nobelpreis für Physik bekommen könnte, obwohl sie nicht mehr lebt.

Während ich den Ballon halte, legt Dad mir die Hand auf die Schulter. Ich spüre das Helium an meinem Handgelenk zerren. Es zieht meinen Arm Richtung Himmel.

»Fertig?«, fragt er.

Meistens muss man das, was man liebt, festhalten. Das ist wie beim Drachensteigen. Aber manchmal muss man es auch loslassen.

Ich sehe zu meinem Dad auf und nicke. Dann öffne ich die Hand.

Alle jubeln, als der Ballon himmelwärts fliegt. Ich lege die Hand schützend vor die Augen und sehe zu, wie er aufsteigt. Noch ist er so groß wie ein Strandball, aber er wird mit jeder Sekunde kleiner. Unter dem Ballon kann ich immer noch den Quantenverschränker im Sonnenlicht glänzen sehen. Wenn der Ballon den Weltraum erreicht, wird der Höhenmesser automatisch den Deckel öffnen und Mums Asche unter den Sternen verstreuen.

Wir sind alle aus Sternenstaub gemacht. Und wenn ich nachts das Firmament sehe – den Himmel – wird Mum immer da sein.

Danksagung

»Wenn du denkst, du verstehst die Quantenmechanik, verstehst du sie nicht.«

Das hat der Physiker Richard Feynman gesagt, jedenfalls wenn man dem Internet Glauben schenkt, aber ich möchte den Autoren der folgenden Bücher dafür danken, dass ich mit ihrer Hilfe so tun konnte, als hätte ich, bevor ich mit diesem Buch anfing, ein bisschen mehr verstanden: *Die verborgene Wirklichkeit: Paralleluniversen und die Gesetze des Kosmos* von Brian Greene; *Quantentheorie: Ein Sachcomic* von J.P. McEvoy und Oscar Zarate; *Auf der Suche nach Schrödingers Katze* von John Gribbin; *The Particle at the End of the Universe* von Sean Carroll; *Verborgene Universen* von Lisa Randall und *The Quantum Universe* von Brian Cox und Jeff Forshaw.

Danke auch an Ben Thomson und Dan Tovey, Professor für Teilchenphysik an der Universität Sheffield, für ihren wissenschaftlichen Rat. Alle wissenschaftlichen Fehler und Übertreibungen im Text, insbesondere die Kommunikation zwischen parallelen Universen, sind natürlich meine. Und wo ich etwas besonders spektakulär falsch dargestellt habe, berufe ich mich auf meine künstlerische Freiheit!

Ein großes Dankeschön an meine fabelhafte Agentin Lucy Juckes und meine wunderbare Lektorin Kirsty Stansfield, ohne die es dieses Buch nicht gäbe. Danke an alle bei Nosy Crow, die ihm das beste nur denkbare Zuhause gegeben haben. Und ein tief empfundener Dank an meine Familie für ihre Liebe und ihre Unterstützung, ganz besonders an meine Mum für alles, was sie in diesem Universum für mich getan hat.

In liebender Erinnerung an Jo Pettman

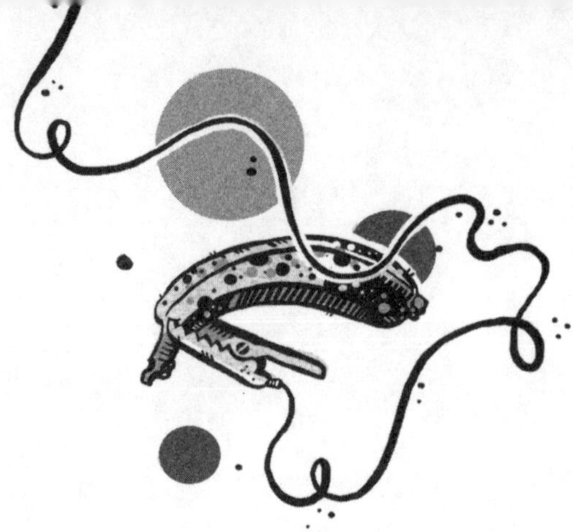

Edge, Christopher
Albie Bright – Ein Universum ist nicht genug
978 3 522 18487 8

Aus dem Englischen von Wieland Freund und Andrea Wandel
Gesamtausstattung: Nina Dulleck
Einbandtypografie: Nina Dulleck
Übersetzung des Mottos aus: C. S. Lewis: Der König von Narnia, aus dem Englischen von Lisa Tetner, Brendow Verlag, Moers
Innentypografie: FSM Premedia GmbH, Münster
Schrift: Rail Regular
Satz: FSM Premedia GmbH, Münster
Reproduktion: Digitalprint GmbH, Stuttgart
Druck und Bindung: GGP Media GmbH, Pößneck

FSC www.fsc.org
MIX
Papier aus verantwortungsvollen Quellen
FSC® C014496

Leinen los, Himmelsdiebe

Dan Walker
Zoya
Heldin der Lüfte

304 Seiten · Gebunden
ISBN 978-3-522-50587-1

Als Zoya von einer Bande von Himmelsdieben entführt wird, steht ihr Leben plötzlich kopf. Mit der sagenumwobenen Dragonfly, einem fliegenden Piratenschiff, durch die Lüfte zu segeln, wäre schon aufregend genug. Als dann aber auch noch der schrecklichste Pirat der Lüfte Jagd auf sie macht, weil sie den Schlüssel zu einem längst vergessen geglaubten Schatz besitzt, ist all ihr Mut gefordert. Mit einem Feind, der es auf ihr Leben abgesehen hat, setzt Zoya die Segel für das größte Abenteuer ihres Lebens.

PLANET!

www.planet-verlag.de